nós SOMOS os Senhores do CLIMA

TIM FLANNERY

Nós somos os senhores do clima

Tradução de
JORGE CALIFE

galera
RECORD
Rio de Janeiro | 2012

CIP-BRASIL. CATALOGAÇÃO-NA-FONTE
SINDICATO NACIONAL DOS EDITORES DE LIVROS, RJ

F611n Flannery, Tim, 1956-
Nós somos os senhores do clima / Tim Flannery; tradução de Jorge Calife.
– Rio de Janeiro: Galera Record, 2012.

Tradução de: We are the weather makers: the story of global warming
ISBN 978-85-01-07854-4

1. Não-ficção estrangeira. I. Calife, Jorge. II. Título.

12-6464
CDD: 028.5
CDU: 087.5

Título original em inglês:
We are the weather makers: the story of global warming

Copyright © 2006 by Tim Flannery

Publicado originalmente na Austrália e Nova Zelândia como *We are the weather makers* por The Text Publishing Company.

Todos os direitos reservados. Proibida a reprodução, no todo ou em parte, através de quaisquer meios. Os direitos morais do autor foram assegurados.

Texto revisado segundo o novo Acordo Ortográfico da Língua Portuguesa.

Direitos exclusivos de publicação em língua portuguesa somente para o Brasil adquiridos pela
EDITORA RECORD LTDA.
Rua Argentina 171 – Rio de Janeiro, RJ – 20921-380 – Tel.: 2585-2000
que se reserva a propriedade literária desta tradução.

Impresso no Brasil

ISBN 978-85-01-07854-4

Seja um leitor preferencial Record.
Cadastre-se e receba informações sobre
nossos lançamentos e nossas promoções.

EDITORA AFILIADA

Atendimento e venda direta ao leitor:
mdireto@record.com.br ou (21) 2585-2002.

Para David e Emma, Tim e Nick, Noriko e Naomi,
Puffin e Galen, Will, Alice, Julia e Anna, e, claro, Kris,
com amor e esperança; e a toda a sua geração, que terá
que sofrer as consequências de nossas decisões.

Sumário

Prefácio 9
Introdução: O que é a mudança no clima? 13

Parte I A ATMOSFERA

1 Tudo está relacionado 23
2 O grande oceano aéreo 27
3 A estufa gasosa 35
4 Eras do gelo e manchas solares 45
5 Os portais do tempo 51
6 Nascido no frio extremo 57
7 O longo verão 65
8 Desenterrando os mortos 73

Parte II UM EM DEZ MIL

9 Portais mágicos, El Niño e La Niña 87
10 Perigo nos polos 99
11 2050: O grande recife atrofiado? 107
12 O alerta da rã dourada 115
13 Chuva 123
14 Clima extremo 135
15 A subida das águas 145

Parte III A CIÊNCIA DA PREVISÃO

16 Modelos de mundo 157

17 Perigo adiante 169

18 Nivelando as montanhas 173

19 Como eles podem manter-se em movimento? 179

20 Os três pontos de colapso 187

21 O fim da civilização? 199

Parte IV PESSOAS EM ESTUFAS

22 A história do ozônio 207

23 O caminho para Kyoto 213

24 Custo, custo, custo 221

25 Pessoas em estufas não deviam contar mentiras 227

26 Os últimos passos na escadaria para o céu? 235

Parte V A SOLUÇÃO

27 Brilhante como o sol, leve como o vento 243

28 Nuclear? 249

29 De híbridos, minicats e rastros de condensação 257

30 Depende de você 263

Agradecimentos 271

Prefácio

Nos cinco anos em que trabalhei com Tim Flannery, com outros membros do Grupo Wentworth de Cientistas Conscientes e a WWF, a Austrália conseguiu resultados inéditos com reformas no que diz respeito à preservação da terra e da água.

A ciência está nos dizendo agora que, a não ser que façamos algo em relação às mudanças climáticas, essas reformas irão falhar.

Acredito que Tim Flannery é a pessoa que pode transmitir de maneira mais eficiente essa complexa questão e transformá-la em algo simples e fácil de ler. *Nós somos os senhores do clima* é uma obra concisa para pessoas interessadas em entender as mudanças climáticas e o que significam para elas, para suas famílias e para o planeta que dividimos.

De qualquer forma que se avalie, Tim tem um impacto dramático no debate sobre as mudanças climáticas.

Quando li seu primeiro livro sobre o assunto, percebi o quão importante era: se não conseguirmos passar a mensagem sobre as mudanças no clima de forma direta e rápida, será simplesmente tarde demais.

Como Tim explica, temos a tecnologia necessária para desenvolver uma economia livre de carbono. *Nós somos os senhores do clima* nos guia através da ciência e revela atitudes práticas que devemos adotar para evitar um desastre ecológico.

Nós ainda temos tempo — mas não há um minuto a perder.

Robert Purves
Presidente do WWF da Austrália
Membro da diretoria da WWF Internacional

Foi a reflexão sobre o nosso maravilhoso ambiente em suas diversas relações com a vida humana, e com todas as formas de vida, que me levou a fazer esse apelo pelas crianças e pela humanidade ultrajada (...) Deixe que tudo leve a isto (...) Não vote em alguém que diga: "Isso não pode ser feito." Vote apenas naqueles que declararem: "Isso vai ser feito."

Alfred Russel Wallace
Man's Place in the Universe, 1903

Introdução:
O que é a mudança no clima?

Quem pegar este livro poderá se perguntar sobre seu título. Dizer que *Nós somos os senhores do clima* é algo muito sério. Se alguém houvesse me dito, dez anos atrás, que nosso planeta estava em sério perigo, eu não teria prestado muita atenção. A história deste livro é o que aprendi desde então e como mudei meu ponto de vista.

Na última década, a ciência do clima passou por uma revolução, e agora sabemos muito mais sobre o sistema climático da Terra e sobre como ele está mudando. O clima está sempre mudando, é claro, mas agora isso acontece em um ritmo fora do normal, e nós somos a causa. Infelizmente, muitas dessas mudanças vão danificar nosso planeta.

Escrevi este livro com a esperança de que as pessoas continuem a ter a oportunidade, como eu, de ficar de pé sobre o cume nevado de uma montanha tropical, olhar para baixo e ver florestas densas, planícies e pântanos, e finalmente um recife tropical a distância.

Deveria ser um direito inalienável de todos experimentar nosso incrível planeta ao máximo, poder ver ursos-polares, grandes baleias e geleiras da Antártica ao vivo.

Acredito que é profundamente errado privar as futuras gerações dessas experiências só para que possamos continuar a desperdiçar eletricidade e dirigir carros enormes.

E quero dar poder aos leitores: nossos líderes na política e nos negócios precisam ouvir a nossa voz. Espero que este livro ajude-o a agir com firmeza, porque se deixarmos que continuem a fazer as coisas do mesmo modo, nos tornaremos parte do fracasso deles.

Em 1981, quando tinha 25 anos, escalei o monte Albert Edward, um dos picos mais altos da ilha tropical de Nova Guiné.

A região coberta pelo capim cor de bronze fazia um contraste impressionante com a vigorosa floresta ao redor, e entre as touceiras cresciam bosques de samambaias gigantes cujas copas rendadas oscilavam sobre minha cabeça.

Descendo a encosta, a área coberta de capim terminava abruptamente na floresta musgosa e raquítica. Com um único passo era possível passar da luz do sol para a sombra úmida, onde os ramos, da espessura de um lápis, estavam completamente cobertos de musgo, liquens e pequenas samambaias.

Em meio à folhagem que cobria o solo da floresta, fiquei surpreso ao encontrar troncos mortos de samambaias gigantes. Elas só crescem na região de capim; assim, ali havia um claro sinal de que a floresta estava invadindo a encosta de baixo para cima. A julgar pela distribuição de troncos desses fetos arbóreos, a floresta tinha engolido pelo menos 30 metros de capinzal em menos tempo que o necessário para um tronco apodrecer no solo úmido da floresta — uma década ou duas, no máximo.

Por que a floresta estava se expandindo? Enquanto olhava para aqueles troncos mofados, lembrei-me de ter lido que as geleiras da Nova Guiné estavam derretendo. Será que a temperatura no monte Albert Edward subira tanto a ponto de permitir que árvores crescessem onde antes somente as gramíneas podiam se enraizar? E, se esse fosse o caso, seria um indício de mudança no clima?

Sou paleontólogo, ou seja, alguém que estuda fósseis e períodos geológicos, por isso, sei que mudanças importantes no clima podem determinar o destino das espécies. Mas aquele era o primeiro indício visto por mim de que poderiam afetar a Terra durante o meu tempo de vida. Eu sabia que havia alguma coisa errada, mas não exatamente o quê.

A despeito de ser capaz de entender o significado dessas observações, logo me esqueci delas, pois questões aparentemente maiores e mais urgentes exigiam a minha atenção. Florestas tropicais estavam sendo derrubadas para a produção de madeira e para abrir espaço para a agricultura, e espécies de animais que nelas viviam estavam sendo caçadas até a extinção. Em meu próprio país, a Austrália, a crescente salinidade ameaçava destruir os solos mais férteis, enquanto a exploração excessiva dos pastos, a poluição das águas e a derrubada das florestas ameaçavam a biodiversidade e ecossistemas preciosos.

Então, as mudanças climáticas são uma grande ameaça ou nada com que se preocupar? Ou serão algo intermediário, uma questão que logo teremos que enfrentar, mas não agora?

Nem mesmo os cientistas concordam sobre todos os aspectos das pesquisas acerca das mudanças climáticas. Somos céticos treinados, sempre questionando o nosso próprio trabalho e o dos outros. Uma teoria científica só é válida enquanto não tiver sido refutada. E as mudanças climáticas podem ser uma questão difícil sobre a qual refletir calmamente, pois se originam de tantas coisas às quais não damos importância no nosso modo de vida.

Alguns aspectos das mudanças climáticas são incontestáveis, como, por exemplo, o fato de que são resultado de um tipo especial de poluição do ar. Nós sabemos exatamente o tamanho de nossa atmosfera e a quantidade de poluentes que está sendo lançada nela. O que quero mostrar aqui são os impactos que alguns desses poluentes (conhecidos como gases do efeito estufa) têm sobre toda a vida na Terra.

Durante os últimos 10 mil anos, o termostato da Terra, ou controle climático, tem se regulado para uma temperatura superficial média em torno de 14°C. De modo geral, isso tem sido esplêndido para nossa espécie, e conseguimos nos organizar de modo impressionante — plantando, domesticando animais e construindo cidades.

Por fim, durante o século passado, criamos uma civilização verdadeiramente global. E levando-se em conta que, na história da Terra, as únicas criaturas capazes de se organizar em uma escala semelhante foram as formigas, as abelhas e os cupins — que são minúsculos em comparação conosco e demandam recursos igualmente pequenos —, trata-se de uma conquista notável.

O termostato da Terra é um mecanismo complexo e delicado, em cujo cerne encontra-se o dióxido de carbono (CO_2), um gás inodoro e incolor, formado por um átomo de carbono e dois de oxigênio.

O CO_2 desempenha um papel decisivo na manutenção do equilíbrio necessário para toda a vida. É também um produto residual de todos os combustíveis fósseis — carvão, petróleo e gás — que quase todo mundo no nosso planeta usa para aquecimento, transporte e outras necessidades energéticas. Em planetas mortos, como Vênus e Marte, o CO_2 forma a maior parte da atmosfera, e o mesmo aconteceria aqui se os seres vivos e os sistemas da Terra não o mantivessem sob controle. As rochas, os solos e as águas de nosso planeta estão cheios de carbono esperando uma chance de ir para a atmosfera e se oxidar. O carbono está por toda parte.

Nos últimos 10 mil anos, o carbono tem representado três partes em 10 mil na atmosfera da Terra. É uma quantidade pequena — 0,03% —, mas exerce uma grande influência na temperatura do nosso planeta. Produzimos CO_2 cada vez que dirigimos um carro, cozinhamos ou acendemos a luz, e esse gás permanece durante um século na atmosfera. Então, a proporção de CO_2 no ar que respiramos aumenta significativamente, e esta é a causa do aquecimento do nosso planeta.

No final de 2004, eu estava realmente preocupado. As principais publicações científicas do mundo estavam cheias de relatórios sobre geleiras derretendo dez vezes mais rápido do que se esperava, sobre gases do efeito estufa na atmosfera chegando a níveis que não eram vistos há milhões de anos e sobre espécies desaparecendo como resultado da mudança climática. Havia também relatos sobre eventos climáticos extremos, secas prolongadas e aumento do nível dos mares.

Não podemos esperar que alguém resolva o problema de emissão do carbono por nós. Todos podemos fazer diferença e ajudar a combater a mudança climática a um custo mínimo para o nosso estilo de vida. E, nesse aspecto, a mudança climática é muito diferente de outras questões ambientais, como a perda da biodiversidade e o buraco na camada de ozônio.

As melhores previsões científicas indicam que precisamos reduzir nossas emissões de CO_2 em 70% até 2050.

Como podemos fazer isso?

Se você tem um carro com tração nas quatro rodas e o substituir por um carro de combustível híbrido, que combina um motor elétrico e um motor a combustão, reduzirá sua emissão com transporte em 70%.

Se o seu fornecedor de eletricidade oferece uma opção "verde", você poderá fazer cortes igualmente significativos em suas emissões domésticas pelo custo de uma xícara de café diária. Simplesmente peça para que sua energia venha de fontes de eletricidade renováveis, como a energia eólica, a solar ou a hidroenergia.

E se você encorajar sua família e seus amigos a votar em um político comprometido com a redução das emissões de CO_2, você poderá mudar o mundo.

Nós temos toda a tecnologia de que precisamos para a transição para uma economia livre de carbono. Tudo de que precisamos é aplicar nosso conhecimento e desenvolver nossa compreensão. Os principais obstáculos a nossa evolução são o pessimismo e a confusão criados por pessoas que querem manter a poluição para poderem continuar ganhando dinheiro.

Nosso futuro depende de leitores como você. Quando minha família se reúne para algum acontecimento especial, a verdadeira escala da mudança climática nunca está longe da minha mente. Minha mãe, que nasceu numa época em que veículos motorizados e lâmpadas elétricas ainda eram novidade, fica animada na companhia de seus netos, alguns dos quais ainda não chegaram aos 10 anos.

Vê-los juntos é ver uma corrente de amor profundo que se estende por 150 anos, pois os netos só atingirão a idade atual de minha mãe no final deste século. Para mim, para ela e para seus pais, o bem-estar deles é tão importante quanto o nosso.

A mudança climática afeta quase todas as famílias de nosso planeta, 70% das pessoas que estão vivas hoje ainda estarão por aqui em 2050.

Parte I
A ATMOSFERA

ATMOSFERA

1

TUDO ESTÁ RELACIONADO

Enquanto não fica de mau humor e ruge sobre nossas cabeças, a atmosfera passa despercebida para a maioria de nós. "Atmosfera": um nome vago para algo tão magnífico. Em 1903, Alfred Russel Wallace, o coautor, junto com Charles Darwin, da teoria da evolução pela seleção natural, cunhou a expressão "o grande oceano aéreo" para descrever a atmosfera. É um nome muito melhor, porque traz à mente a imagem das correntes e camadas que criam as intempéries bem acima de nossas cabeças, e que são tudo o que há entre nós e a vastidão do espaço.

Wallace viveu em uma era romântica da ciência. Naquela época, descobertas sobre a atmosfera causaram tanta empolgação quanto a pesca de monstros das profundezas ou as fotografias enviadas de Marte. É surpreendente, pensava Wallace, que, sem a poeira atmosférica, o pôr do sol seria tão opaco quanto água suja, e as sombras seriam tão impenetráveis para nossa visão quanto o concreto.

A atmosfera é fantástica. Ela protege todas as formas de vida, conecta tudo e tem regulado a temperatura do nosso planeta há quase 4 bilhões de anos.

Ao longo do tempo, a Terra tornou-se melhor em regular sua temperatura. Durante quase metade de sua existência — de 4 bilhões de anos até cerca de 2,2 bilhões de anos atrás —, a atmosfera da Terra teria sido mortal para seres como nós. Naquela época todo tipo de vida era microscópico — algas e bactérias — e seu domínio sobre nosso planeta, muito tênue.

Cerca de 600 milhões de anos atrás, os níveis de oxigênio tinham aumentado o suficiente para permitir a sobrevivência de seres maiores — cujos fósseis podem ser vistos a olho nu. Esses primeiros organismos viveram durante um período de mudanças climáticas drásticas, quando quatro grandes eras glaciais tomaram conta do planeta. Há 600 milhões de anos, por exemplo, a Terra congelou até o equador. Apenas alguns seres se abrigaram em refúgios sob o gelo do equatorial.

O congelamento profundo da Terra teve a ajuda de um poderoso mecanismo conhecido como *albedo*, que é a palavra em latim para "brancura", e é claro que uma Terra coberta de neve fica muito mais branca. Que importância tem isso? Um terço de toda a energia que chega ao planeta, vinda do Sol, é refletida de volta para o espaço por superfícies brancas. A neve fresca reflete de 80% a 90% da luz, ao passo que a água reflete de 5% a 10% apenas. Quando uma certa proporção da superfície do planeta é coberta de gelo ou neve brilhantes, é criado um efeito resfriante descontrolado que congela todo o planeta.

O limite é atingido quando as calotas de gelo chegam em torno dos 30 graus de latitude, o que corresponde ao sul de Xangai ou a Nova Orleans.

O grande congelamento ocorrido há 600 milhões de anos durou milhões de anos. Mas por volta de 540 milhões de anos atrás, os seres vivos começaram a formar esqueletos de carbono. Isso foi possível devido à absorção de CO_2 da água do mar, o que aumentou o nível de dióxido de carbono na atmosfera e, desde então, as eras do gelo se tornaram mais raras. Houve apenas duas: entre 355 e 280 milhões de anos atrás; e agora, nos últimos 33 milhões de anos.

Também aconteceram outras mudanças que teriam um impacto profundo no termostato da Terra. Isso se deu durante o Período Carbonífero, quando as florestas cobriram as terras pela primeira vez, e a maior parte dos depósitos de carvão, que agora alimentam nossas indústrias, se formou. Todo o carbono contido naquele carvão já esteve ligado ao CO_2 flutuante na atmosfera; assim, as florestas primitivas provavelmente tiveram uma enorme influência no ciclo do carbono.

Outros seres influenciaram o ciclo de carbono mais recentemente. A expansão dos recifes de coral atuais, há cerca de 55 milhões de anos, tirou volumes inimagináveis de CO_2 da atmosfera, alterando o clima ainda mais, possivelmente resfriando-o.

A evolução e propagação das gramíneas, entre 6 e 8 milhões de anos atrás, podem ter mudado as coisas mais uma vez. Gramíneas contêm muito menos carbono do que florestas. Também absorvem menos luz solar (possuindo um albedo diferente) e produzem menos vapor de água, o que influi na formação de nuvens.

Outra provável influência é o elefante, um grande destruidor de florestas. Assim como os seres humanos, sua terra de origem é a África e, à medida que se espalharam pelo planeta, há 20 milhões de anos (só a Austrália escapou da colonização), os elefantes também devem ter afetado o ciclo do carbono. Não sabemos exatamente o que aconteceu com o clima como resultado dessas mudanças, mas parece certo dizer que as atividades desses animais e plantas alteraram a atmosfera de forma sutil.

No que se refere ao clima, tudo está relacionado. Para entender o que pode acontecer no futuro, temos que saber o máximo possível sobre nossa atmosfera e como ela se comportou no passado.

2

O GRANDE OCEANO AÉREO

Todos nós já ouvimos os termos gases do efeito estufa, aquecimento global e mudança climática. Os gases do efeito estufa aprisionam o calor próximo da superfície da Terra. À medida que aumenta sua concentração na atmosfera, o calor extra que eles capturam leva ao aquecimento global. Esse aquecimento, por sua vez, exerce uma pressão sobre o sistema climático da Terra e pode levar a uma mudança no clima.

Existe uma diferença entre condições meteorológicas e clima. Condições meteorológicas são o que experimentamos todos os dias. O clima é a soma de todas as condições meteorológicas ao longo de certo período, para uma região ou para o planeta como um todo.

A atmosfera tem quatro camadas distintas, que são definidas com base em sua temperatura e na direção do seu gradiente de temperatura.

A parte mais baixa da atmosfera é conhecida como troposfera. O nome significa a região onde o ar gira, e ela é chamada assim por causa da mistura vertical de ar que a caracteriza.

A troposfera se estende, em média, até 12 quilômetros acima da superfície da Terra e contém 80% de todos os gases da atmosfera. Seu terço mais baixo é a única parte respirável de toda a atmosfera.

O aspecto singular da troposfera é que seu gradiente de temperatura está de "cabeça para baixo" — é mais quente na base, e esfria 6,5°C por quilômetro vertical que se sobe. É a única porção da atmosfera cujas metades norte e sul (divididas pelo equador) dificilmente se misturam. Esta é a razão pela qual os habitantes do hemisfério Sul não respiram o ar poluído que limita o horizonte e embaça as paisagens no Norte mais povoado.

A camada seguinte da atmosfera, conhecida como estratosfera, encontra a troposfera na tropopausa. A estratosfera fica mais quente à medida que se sobe. Ela tem camadas distintas, e ventos violentos circulam através dela.

Cerca de 50 quilômetros acima da superfície terrestre fica a mesosfera. A –90°C, é a parte mais fria de toda a atmosfera, e acima dela fica a camada final, a termosfera, que é uma tênue camada de gás que se estende longe no espaço. Lá, as temperaturas podem chegar a 1.000°C, no entanto, como o gás está finamente disperso, não pareceria quente ao toque.

O grande oceano aéreo é composto de nitrogênio (78%), oxigênio (20,9%) e argônio (0,9%). Esses três gases formam a maior parte — mais de 99,95% — do ar que respiramos.

A capacidade da atmosfera de reter água (H_2O) depende de sua temperatura: a 25°C o vapor de água representa 3% do que inalamos. Mas são os elementos menores, aqueles aos quais os cientistas se referem como "gases traços" — a

28

vigésima parte restante de 1% —, que temperam a mistura, e alguns deles são essenciais para a vida neste planeta.

Tomemos como exemplo o ozônio. Suas moléculas são compostas por três átomos de oxigênio. E ele responde a apenas dez moléculas de cada milhão agitadas pelas correntes do grande oceano aéreo. No entanto, sem o efeito protetor desse 0,001%, logo ficaríamos cegos, morreríamos de câncer ou sucumbiríamos a uma variedade de outros problemas causados pela radiação ultravioleta.

Nós somos tão pequenos, e o grande oceano aéreo tão vasto, que parece impossível que possamos fazer alguma coisa capaz de afetar seu equilíbrio. Se imaginássemos a Terra como uma cebola, a atmosfera não seria mais espessa que a sua casca externa. Sua porção respirável nem mesmo cobre completamente a superfície do planeta — motivo pelo qual os alpinistas precisam usar máscaras de oxigênio no monte Everest.

A atmosfera parece grande porque é feita de gás, mas se pudéssemos comprimir esse gás para a forma líquida, veríamos que a atmosfera só tem um quingentésimo do tamanho dos oceanos. É por isso que os maiores problemas ambientais da humanidade — o buraco na camada de ozônio, a chuva ácida, as mudanças climáticas — resultam da poluição do ar.

Mas a atmosfera também é dinâmica. O ar que você acabou de exalar já se espalhou amplamente. E o CO_2 que saiu da sua respiração na semana passada pode estar agora alimentando uma planta num continente distante, ou o plâncton de um mar congelado.

Em questão de meses todo o CO_2 que você acabou de exalar terá se dispersado ao redor do planeta.

A atmosfera ainda é telecinética, o que significa que mudanças podem ocorrer ao mesmo tempo em regiões diferentes. Ela pode passar de um estado climático a outro instantaneamente, o que permite que tempestades, secas, inundações e padrões de vento se modifiquem em um nível global, mais ou menos de forma simultânea.

Como a comunicação ao redor do planeta é muito rápida, nossa civilização também é telecinética, motivo pelo qual é uma força tão poderosa. Mas sua telecinese também explica por que rupturas regionais — como guerras, fome e doenças — podem ter sérias consequências para a humanidade como um todo.

A atmosfera bloqueia a maioria das formas de energia radioativa. Muitos pensam que a luz do dia é a única energia que recebemos do Sol, mas a luz solar — luz visível — é apenas uma pequena faixa em um vasto espectro de comprimentos de onda que o Sol lança sobre nós.

Os gases do efeito estufa especificamente bloqueiam as formas de energia radioativa. Mas, ao fazer isso, eles se tornam invisíveis e, por fim, liberam o calor, parte do qual irradia de volta para a Terra. Os gases do efeito estufa podem ser raros, mas seu impacto é intenso. Eles aquecem a Terra e, ao aprisionar o calor perto da superfície do planeta, respondem pela troposfera "de cabeça para baixo".

Uma ideia de como os gases do efeito estufa têm o poder de influenciar a temperatura pode ser obtida com o estudo em outros planetas. A atmosfera de Vênus é 98% CO_2, e a temperatura na sua superfície é de 477°C.

Se o CO_2 chegasse até mesmo a 1% da atmosfera da Terra, a temperatura da superfície do nosso planeta subiria até o ponto da fervura.

Se você quiser sentir como os gases do efeito estufa atuam, visite Nova York em agosto. O calor e a umidade insalubres deixam todos encharcados de suor em um ambiente repleto de asfalto fervente, concreto e corpos humanos pegajosos. E o pior acontece à noite, quando a umidade e uma camada espessa de nuvens retêm o calor. Eu me lembro de rolar na cama entre lençóis ensopados de suor num quarto em um bairro pobre conhecido por seus viciados e traficantes. À medida que meus olhos ficavam irritados e a pele ressecada, podia sentir a sujeira dos 8 milhões de corpos humanos naquela cidade.

Eu queria estar num deserto — num deserto seco e claro, onde, a despeito do calor durante o dia, o céu claro da noite traz um alívio abençoado. A diferença entre um deserto e a cidade de Nova York à noite está num único gás do efeito estufa — o mais poderoso de todos —, o vapor d'água. Pensando no fato de que o vapor d'água retém dois terços de todo o calor preso pelos gases do efeito estufa, amaldiçoei as nuvens acima de mim.

Mas as nuvens também têm um lado bom. Diferentemente dos outros gases do efeito estufa, o vapor d'água na forma de nuvens bloqueia parte da radiação do Sol durante o dia, baixando as temperaturas.

Então, como o CO_2 e o vapor d'água interagem? Conforme a concentração de CO_2 aumenta, a atmosfera se aquece um pouco, o que permite que ela retenha mais vapor d'água. Isso, por sua vez, aumenta o aquecimento original. Você pode pensar no CO_2 como a alavanca que altera o nosso clima, ou como o fósforo que acende a chama das mudanças climáticas.

O CO_2 é produzido sempre que queimamos alguma coisa ou quando algo se decompõe. Então, como o medimos? Na década de 1950, o climatologista Charles Keeling subiu o monte Mauna Loa, no Havaí, para registrar as concentrações de CO_2 na atmosfera. Com isso ele criou um gráfico, conhecido como curva de Keeling, que é uma das coisas mais maravilhosas que já vi, pois é possível ver o nosso planeta respirando.

A cada primavera no hemisfério Norte, quando as plantas brotam e extraem CO_2 do grande oceano aéreo, a Terra começa uma grande inspiração, registrada no gráfico de Keeling como uma queda na concentração do CO_2. Depois, no outono do hemisfério norte, à medida que a decomposição gera CO_2, ocorre uma expiração que enriquece o ar com o gás.

Mas o trabalho de Keeling revelou outra tendência. Ele descobriu que cada expiração terminava com um pouco mais de CO_2 na atmosfera do que na anterior. Essa elevação inocente na curva de Keeling foi o primeiro sinal definitivo de que teremos que pagar um preço por sermos uma civilização movida a combustíveis fósseis.

Quando traçamos a trajetória do gráfico até o século XXI, a não ser que mudemos o nosso modo de agir, a concentração de CO_2 na atmosfera vai dobrar: de três para seis partes a cada 10 mil.

Esse agravante tem o potencial de aumentar a temperatura do nosso planeta em aproximadamente 3°C, talvez até 6°C.

3

A ESTUFA GASOSA

Quando os cientistas perceberam que o aumento dos níveis de CO_2 na atmosfera estava ligado à mudança climática, alguns deles ficaram intrigados. Havia tão pouco CO_2 na atmosfera — como o gás poderia mudar o clima de um planeta inteiro? Então eles descobriram que o CO_2 age como um gatilho para um potente gás do efeito estufa, o vapor d'água.

O dióxido de carbono também tem uma vida longa na atmosfera: em torno de 56% de todo o CO_2 que os seres humanos liberaram com a queima de combustíveis fósseis ainda permanece no ar, o que é a causa — direta e indireta — de cerca de 80% de todo o aquecimento global.

O fato de uma proporção conhecida de CO_2 permanecer na atmosfera nos permite calcular, em números arredondados, a produção de carbono da humanidade. Podemos calcular isso em gigatoneladas — uma gigatonelada é um bilhão de toneladas. O "orçamento" de carbono da humanidade nos diz quanto mais dessa substância podemos lançar na atmosfera antes de causarmos mudanças perigosas, que considera-se que ocorrerão quando a concentração de CO_2 atingir entre 450 e 550 partes por milhões.

Antes de 1800 (quando começou a Revolução Industrial), a concentração de CO_2 era de cerca de 280 partes por milhão, o que equivale a 586 gigatoneladas de CO_2. (Para tornar as comparações mais fáceis, números como este se referem apenas ao carbono na molécula de CO_2. O peso real do CO_2 seria 3,7 vezes maior.)

Hoje, o número está em torno de 380 partes por milhão, ou em torno de 790 gigatoneladas no total.

Se quisermos estabilizar as emissões de CO_2 abaixo do limite para uma mudança perigosa, teremos que limitar todas as emissões humanas futuras a cerca de 600 gigatoneladas. Pouco mais da metade disso ficaria na atmosfera, elevando os níveis de CO_2 para cerca de 1.100 gigatoneladas, ou 550 partes por milhão em 2100.

Essa será uma meta dura para a humanidade atingir. Ao longo de um século, isso equivale a cerca de 6 gigatoneladas por ano. Compare isso com a média de 13,3 gigatoneladas de CO_2 que se acumularam a cada ano durante a década de 1990 (metade disso ôriunda da queima de combustíveis fósseis). E lembre-se de que a população humana deve chegar a 9 bilhões em 2050. Você perceberá o problema.

Mesmo a longo prazo, esse aumento não tem precedente. A concentração de CO_2 na atmosfera em épocas passadas pode ser medida por meio de bolhas de ar preservadas no gelo. Ao perfurar mais de 3 quilômetros na calota de gelo da Antártica, os cientistas retiraram uma coluna de gelo que abrange quase 1 milhão de anos da história da Terra.

Pude ver o poder da coluna de gelo de nos contar sobre o clima e a atmosfera em épocas passadas quando visitei o depósito da coluna de gelo na Universidade de Copenhague, na Dinamarca. Havia acabado de chegar do verão australiano e o depósito estava a $-26°C$. O dinamarquês durão que me mostrava o local parecia não perceber o meu choque. A preocupação com o congelamento do meu nariz desapareceu instantaneamente, porém, quando meu guia ergueu um cilindro de gelo de mais ou menos um metro de comprimento e apontou para uma camada de gelo de 5 centímetros de espessura. Aquele gelo, disse ele, caiu em forma de neve sobre a Groenlândia no ano em que Jesus nasceu, e os pequenos pontos que conseguia ver lá dentro eram bolhas de ar presas no gelo. Por meio da análise dessas bolhas, os cientistas conseguiram determinar os níveis de CO_2 e de outros gases atmosféricos naquele ano, o que revela muito sobre as condições climáticas. A atmosfera se move tão rapidamente, disse ele, que é possível que naquelas bolhas existam algumas moléculas do ar respirado pela Sagrada Família durante aquele primeiro ano.

Esse registro único mostra que, durante épocas frias, os níveis de CO_2 caíram para cerca de 160 partes por milhão, e que, até recentemente, eles nunca tinham ultrapassado 280 partes por milhão. A Revolução Industrial, com seus motores a vapor e suas fábricas fumacentas, mudou isso. Em 1958, quando Keeling começou suas medições de CO_2 no topo do Mauna Loa, elas chegaram a 315 partes por milhão.

São nossos servos — os bilhões de motores que construímos para funcionar com combustíveis fósseis, tais como carvão, gasolina, combustíveis à base de petróleo e gás — que desempenham o papel principal na produção de CO_2. Os mais perigosos são as usinas que usam o carvão para gerar eletricidade. O carvão negro (antracito) é formado por, pelo menos, 92% de carbono, enquanto o carvão marrom seco tem em torno de 70% de carbono e 5% de hidrogênio.

Algumas usinas geradoras de energia queimam 500 toneladas de carvão por hora. Elas são tão ineficientes que cerca de dois terços da energia gerada são perdidos. E qual é o propósito delas? Simplesmente ferver água, que gera o vapor para mover as turbinas colossais que criam a eletricidade para nossas casas e fábricas.

A maioria de nós não tem ideia de qual tecnologia do século XIX é usada para movimentar as engenhocas do século XXI.

Existem cerca de trinta outros gases do efeito estufa na atmosfera. Pense neles como claraboias em um telhado, cada gás representando uma claraboia diferente. À medida que o número de janelas aumenta, mais energia luminosa é admitida na sala, onde fica aprisionada como calor.

Depois do CO_2, o metano é o gás do efeito estufa mais importante. O metano é criado por micróbios que vivem em ambientes sem oxigênio, como lagoas estagnadas e nos intestinos, motivo pelo qual é abundante em pântanos, gases intestinais e estomacais. Ele compreende apenas 1,5 parte por milhão da atmosfera, mas sua concentração dobrou nos últimos séculos.

O metano é sessenta vezes mais poderoso para aprisionar calor que o CO_2, mas felizmente dura menos anos na atmosfera. Estima-se que ele será responsável por causar entre 15% e 17% de todo o aquecimento global a ser experimentado neste século.

O óxido nitroso (gás do riso) é 270 vezes mais eficaz que o CO_2 na captura do calor. Ele é muito mais raro que o metano, mas permanece 150 anos na atmosfera. Cerca de um terço de nossas emissões vem da queima de combustíveis fósseis. O resto, da queima de biomassa (material vegetal e animal) e do uso de fertilizantes que contêm nitrogênio. Embora existam fontes naturais de óxido nitroso, as emissões de origem humana agora as superam muito em volume. Hoje há 20% mais óxido nitroso na atmosfera do que no começo da Revolução Industrial.

Os mais raros entre todos os gases do efeito estufa são os membros da família dos HFC e CFC. Esses produtos da engenhosidade humana não existiam antes dos químicos industriais começarem a manufaturá-los. Alguns, como o diclorotrifluoretano, já foram usados em refrigeração e são mil vezes mais potentes para captar a energia calórica do que o CO_2, podendo permanecer durante muitos séculos na atmosfera. Conheceremos essa classe de gases mais tarde, quando abordarmos o buraco na camada de ozônio.

Por enquanto, precisamos conhecer mais sobre o carbono no CO_2. Os diamantes e a fuligem são formas puras de carbono; a única diferença é a forma de disposição de seus átomos. O carbono é onipresente na superfície da Terra. Entra e sai constantemente de nossos corpos, assim como das rochas, do mar e do solo, e depois retorna para a atmosfera e de volta.

Se não fosse pela ação das plantas e das algas, rapidamente nos sufocaríamos no CO_2 e ficaríamos sem oxigênio. Por meio da fotossíntese (processo pelo qual as plantas criam açúcares usando água e luz solar), as plantas absorvem o CO_2 que produzimos e o utilizam para gerar a própria energia, criando oxigênio como resultado desse processo. É esse ciclo simples e autossustentável que forma a base para a vida na Terra.

O volume de carbono circulante em nosso planeta é enorme. Cerca de 1 trilhão de toneladas de carbono está associado aos seres vivos, a quantidade contida no solo é ainda maior. Para cada molécula de CO_2 na atmosfera, existem cinquenta nos oceanos.

Os lugares para onde o carbono vai quando deixa a atmosfera são conhecidos como sumidouros de carbono. Você, eu e todas as coisas vivas somos esses sumidouros, assim como os oceanos e algumas das rochas sob nossos pés.

Ao longo das eras, muito CO_2 tem sido armazenado na crosta da Terra. Isso ocorre à medida que as plantas mortas são enterradas e carregadas para o subsolo, onde se transformam em combustíveis fósseis. Em uma escala de tempo mais curta, uma grande quantidade de carbono pode ser armazenada nos solos, na forma daquela terra preta de que os jardineiros tanto gostam.

Mesmo as erupções dos vulcões (que contêm muito CO_2) podem desequilibrar o clima. E os meteoritos que colidem com a Terra também podem desestabilizar o ciclo do carbono, perturbando os oceanos, a atmosfera e a crosta terrestre.

Os cientistas sabem para onde vai o CO_2 que produzimos, porque o gás derivado dos combustíveis fósseis tem uma "assinatura química" única e pode ser rastreado enquanto circula pelo planeta. Em números aproximados, 2 gigatoneladas são absorvidas pelos oceanos e outra 1,5 gigatonelada é absorvida anualmente pela vida na Terra.

A contribuição feita pela terra resulta parcialmente de um acidente histórico — a fase de expansão das fronteiras na América. As plantas, árvores e florestas maduras não retiram muito CO_2 do ar porque se encontram num estado de equilíbrio, liberando CO_2 à medida que a vegetação mais velha apodrece e absorvendo-o conforme a nova cresce. Por esse motivo, as maiores florestas do mundo — as florestas de coníferas da Sibéria e do Canadá — e as florestas tropicais não absorvem tanto carbono quanto as florestas novas.

Durante o século XIX e o início do século XX, os pioneiros da América do Norte cortaram e queimaram as grandes florestas da Costa Leste e roçaram as planícies e desertos do Oeste. Então, mudanças no uso da terra permitiram que a vegetação crescesse de volta. Como resultado, a maioria das florestas da América do Norte tem menos de 60 anos e está crescendo vigorosamente, absorvendo em torno de meio bilhão de tonelada de CO_2 da atmosfera por ano. E, lembrem-se, as árvores são feitas de ar, não do solo do qual elas crescem: madeira, folhas e casca um dia, não muito tempo atrás, foram CO_2 na atmosfera.

Florestas recém-plantadas na China e na Europa podem absorver uma quantidade igual. Durante algumas décadas cruciais, essas jovens florestas ajudaram a esfriar nosso planeta ao sorverem o excesso de CO_2.

Mas, à medida que as florestas e os prados do hemisfério Norte se recuperam dos maus-tratos que sofreram nas mãos dos pioneiros, extraem cada vez menos CO_2 exatamente no momento em que os seres humanos estão bombeando mais gás na atmosfera.

Se pensarmos em longo prazo, há na verdade apenas um grande sumidouro de carbono em nosso planeta: os oceanos. Eles absorveram 48% de todo o carbono emitido pelo homem entre 1800 e 1994.

Os oceanos do mundo variam em sua capacidade de absorver carbono. Uma bacia oceânica sozinha, a do Atlântico Norte — que corresponde a 15% de toda a superfície oceânica —, contém quase um quarto de todo o carbono emitido pelo homem desde 1800. Os mares rasos funcionam como um "rim" de carbono e já removeram 20% de todo o dióxido de carbono emitido pelos humanos.

Os cientistas estão preocupados com a possibilidade de que mudanças na circulação dos oceanos ocasionadas pelo aquecimento global venham a degradar a eficácia desse "rim" de carbono. Há muitas maneiras disso acontecer, e uma delas pode ser visualizada quando abrimos uma lata de refrigerante que não foi colocada na geladeira. O chiado que se ouve quando a lata é aberta é seguido por um silêncio completo — indicando que o líquido liberou rapidamente o dióxido de carbono que o faz borbulhar. Nas bebidas geladas, o chiado dura mais tempo. A água do mar fria é capaz de conter mais carbono que a água do mar morna, assim, à medida que o oceano se aquece, ele se torna menos capaz de absorver o gás.

A água do mar também contém carbonato, que chega aos oceanos vindo dos rios que fluíram sobre pedra calcária ou sobre rochas que contêm calcário que reage com o CO_2 absorvido pelo oceano. Atualmente, existe um equilíbrio entre a concentração de carbonato e o CO_2 absorvido. Conforme a concentração de CO_2 aumenta nos oceanos, contudo, o carbonato vai se esgotando.

Os oceanos estão se tornando mais ácidos, e quanto mais ácido for um oceano, menos CO_2 ele consegue absorver. Antes do fim deste século, estima-se que os oceanos estarão absorvendo 10% menos CO_2 do que hoje. Enquanto isso, continuamos a despejar mais e mais este gás na atmosfera.

4

ERAS DO GELO E
MANCHAS SOLARES

Por que a Terra não retém todo o calor que recebe do Sol? Por outro lado, por que o calor não escapa todo de novo para o espaço?

Pense no que acontece quando você visita uma estação de esqui e o ar continua frio mesmo em dias ensolarados. Isso acontece porque o Sol não aquece a atmosfera (e há pouco vapor d'água no ar frio para capturar o calor) e porque sua energia é refletida de volta ao espaço pela neve. Mas quando os raios incidem sobre uma superfície mais escura, como a pele ou uma luva de esqui, eles são absorvidos e é gerado calor.

Quando sua luva de esqui esquenta, a energia do calor é irradiada novamente para o céu, sendo capturada pelos gases do efeito estufa na atmosfera. Logo, a luz atravessa sem problemas uma atmosfera cheia de gases estufa, mas o calor enfrenta dificuldades para se dissipar.

Muitos cientistas têm se perguntado o que causa o aquecimento e o arrefecimento da Terra. Um dos mais notáveis foi

Milutin Milankovitch, que passou a maior parte de sua carreira trabalhando como engenheiro civil no Império Austro-Húngaro. Nascido em 1879 onde hoje é a Sérvia, ficou preso durante a Primeira Guerra Mundial em Budapeste, onde teve permissão para trabalhar na biblioteca da Academia Húngara de Ciências. Ele já havia começado a refletir sobre o grande enigma de sua época — a causa das eras do gelo. Mais de duas décadas depois, em 1941, com o mundo envolvido em outro conflito global, ele finalmente publicou seu grande trabalho: *Canon of insolation of the ice-age problem*.

Milankovitch identificou três ciclos principais que impulsionam a variabilidade climática da Terra. O mais longo deles tem relação com a órbita do planeta em torno do Sol. Talvez surpreenda o fato da nossa órbita não descrever um círculo perfeito, e sim uma elipse cuja forma muda num ciclo de 100 mil anos, conhecido como excentricidade da Terra. Quando a órbita terrestre fica acentuadamente elíptica, o planeta é levado para mais perto e para mais longe do Sol, o que significa que a intensidade dos raios solares que chegam à Terra varia consideravelmente ao longo do ano.

Atualmente a órbita não é muito elíptica, e existe apenas uma diferença de 6% entre os meses de janeiro e julho com relação à radiação que chega à Terra. Nas ocasiões em que a órbita terrestre é mais excêntrica, contudo, essa diferença é de 20% a 30%. Esse é o único ciclo que altera a quantidade de energia solar que chega ao planeta, e portanto sua influência é considerável.

O segundo ciclo leva 42 mil anos para completar seu curso e tem relação com a inclinação do eixo da Terra. Ela varia de 21,8 a 24,4 graus e determina onde a maior parte da radiação vai incidir. No momento, a inclinação axial da Terra está no meio dessa variação.

O terceiro e mais curto dos ciclos, que leva 22 mil anos, está relacionado à oscilação da Terra em seu eixo. Ao longo desse ciclo, o eixo do planeta deixa de apontar para a estrela Polar e passa a apontar para Vega, o que afeta a intensidade das estações. Quando Vega marca o norte verdadeiro, os invernos são muito frios, e os verões, tórridos.

Então, quando os ciclos de Milankovitch causam eras do gelo?

A resposta está relacionada com a forma pela qual os continentes se movem pela superfície da Terra. Quando os movimentos continentais trazem grandes partes das áreas do planeta para perto dos polos, e quando os ciclos colaboram, os verões amenos e os invernos gelados fazem com que a neve se acumule nas terras polares. Finalmente, a neve forma grandes calotas de gelo, e uma era do gelo se inicia.

Mesmo nos casos mais extremos, os ciclos de Milankovitch provocam uma variação anual de menos de 0,1% na quantidade total de luz solar que chega à Terra. Mas essa pode fazer a temperatura terrestre subir ou descer cerca de 5°C. Exatamente como isso funciona ainda é um profundo mistério, mas é certo que os gases do efeito estufa desempenham um papel. Na verdade, os modelos de computador não conseguem simular o início de uma era glacial a menos que o CO_2 atmosférico seja reduzido no hemisfério Sul.

Milutin Milankovitch resolveu o enigma das eras glaciais, mas décadas se passaram até que o mundo descobrisse seu valor. Seu *Canon* foi traduzido para o inglês em 1969. Nessa época, os oceanógrafos já tinham começado a perceber, nos sedimentos retirados do fundo dos oceanos, evidências diretas do tipo de impacto que ele previra.

Esses estudos revelaram que os ciclos de Milankovitch deveriam estar resfriando a Terra. No início dos anos 1970, quando isso se tornou amplamente conhecido, os cientistas começaram a falar de uma nova era do gelo. Mas isso foi antes de eles perceberem como a poluição causada pelo homem estava alterando o equilíbrio dos gases do efeito estufa.

Hoje, a obra-prima de Milankovitch é considerada um dos maiores avanços já feitos no estudo do clima.

Com o entendimento dos gases do efeito estufa e dos ciclos de Milankovitch, os climatologistas começaram a perceber por que o clima da Terra tinha variado com o tempo. No entanto, ainda há outros fatores a considerar.

O primeiro é a intensidade da radiação emitida pelo Sol. Cerca de dois terços dos raios solares que chegam ao nosso planeta são absorvidos e colocados para trabalhar aqui, enquanto o terço restante é refletido de volta para o espaço.

Cerca de 2 mil anos atrás, astrônomos gregos e chineses escreveram sobre a visão de manchas escuras no Sol, cuja forma e localização mudavam. Em abril de 1612, o astrônomo italiano Galileu, equipado com um dos primeiros telescópios, fez observações detalhadas dessas manchas solares. Ele demonstrou que não eram satélites que passavam sobre a superfície do Sol, pois as manchas se originavam na própria estrela.

No século XIX, descobriu-se que a atividade das manchas solares varia num ciclo de 11 anos, assim como num ciclo mais longo de vários séculos. E são ligeiramente mais frias que o restante da superfície do Sol, no entanto, quando há muitas delas, a Terra parece se aquecer. Acredita-se que a escassez de manchas solares tenha sido responsável pela queda de 40% na temperatura experimentada no chamado Mínimo de Maunder, entre 1645-1715, quando a temperatura na Europa caiu cerca de um grau.

As manchas solares afetam o clima da Terra como um todo? Um estudo recente de anéis de árvores de mais de 6 mil anos atrás não conseguiu encontrar qualquer evidência que comprove a influência das manchas solares sobre o crescimento das árvores. Então, ainda que as manchas solares indubitavelmente existam, seu impacto nos seres vivos da Terra (e, consequentemente, na atmosfera) devem ser pequenos demais para mensurar.

Recentemente, cientistas descobriram que as variações na radiação solar e nas concentrações dos gases do efeito estufa afetam o clima da Terra de modos diferentes. A radiação solar aquece os níveis superiores da estratosfera por meio dos raios ultravioleta que são absorvidos pelo ozônio. Os gases do efeito estufa, por outro lado, aquecem a troposfera, e a aquecem mais na parte de baixo, onde sua concentração é maior.

Atualmente a Terra está experimentando tanto o resfriamento estratosférico (causado pelo buraco na camada de ozônio) quanto o aquecimento troposférico (devido ao aumento nos gases do efeito estufa). As manchas solares não podem ser responsabilizadas por isso.

O registro fóssil também pode nos ensinar muito sobre o clima. Ele é caracterizado por mudanças súbitas de um estado climático constante e duradouro para outro. É como se nosso planeta reagisse aos solavancos ante os fatores que influenciam o clima. No passado, essa série de mudanças radicais levou animais e plantas de um extremo de um continente a outro.

5

OS PORTAIS DO TEMPO

Estudantes de geologia, que têm de memorizar as divisões na escala de tempo geológico, com frequência recorrem a frases mnemônicas como *"Can Ollie See Down Mike's Pants' Pockets?/ Tom Jones Can./ Tom's Queer"*. O C de "Can" significa Cambriano; o O de "Ollie", Ordoviciano; o S em "See", o Siluriano; e assim por diante até a nossa época, o Quaternário.

Tendo memorizado essa lista, contudo, os estudantes logo descobrem que aprenderam apenas o básico, pois cada uma das grandes divisões é subdividida em períodos, que por sua vez se dividem em unidades locais. Essas divisões menores de tempo são chamadas de unidades locais porque são reconhecidas apenas em áreas limitadas. Na América do Norte, por exemplo, os períodos da era Cenozoica são divididos em unidades locais conhecidas como "eras dos mamíferos terrestres norte-americanos". Embora sejam as menores divisões na escala de tempo, muitas duraram milhões de anos.

As divisões na escala de tempo geológico podem ser facilmente diferenciadas pelo que os geólogos chamam de "mudanças na fauna" — épocas em que as espécies aparecem ou desaparecem subitamente.

Podemos pensar nesses episódios como "portais do tempo" — ocasiões em que uma era, e frequentemente um tipo de clima, dá lugar a outra.

Existem apenas três agentes de mudança poderosos o bastante para abrir um "portal no tempo": a deriva dos continentes, as colisões cósmicas e as forças alteradoras do clima, como os gases do efeito estufa. Todos agem de formas diferentes, mas impulsionam a evolução usando os mesmos mecanismos — morte e oportunidade.

Os portais do tempo existem em três "tamanhos": pequeno, médio e grande. Os menores acontecem quando os continentes esbarram uns nos outros, ou quando pontes de terra se formam devido a elevações ou quedas do nível dos mares, ou quando a Terra se aquece ou esfria. Nessas ocasiões, os portais de tempo são marcados pela súbita chegada de novas espécies, e frequentemente pela extinção dos competidores locais.

As divisões de tempo de tamanho médio — as que separam os períodos geológicos — são de escala global. Nesses casos, o que se lê nas rochas é quase invariavelmente uma triste história de extinção seguida pela lenta evolução de novas formas de vida que se adaptam às condições alteradas.

As maiores divisões de tempo, entretanto, são as que separam as eras. São ocasiões de grandes agitações, quando até 95% de todas as espécies desaparecem. Nosso planeta experimentou essas extinções maciças em apenas cinco ocasiões anteriores.

A última vez que a Terra foi afetada desse modo foi há 65 milhões de anos, quando todos os seres vivos com mais de 35 quilos e um grande número de espécies menores desapareceu. Foi quando os dinossauros sumiram, e acredita-se amplamente que a causa tenha sido a colisão de um asteroide com a Terra. Tantos destroços foram lançados à atmosfera que o clima mudou, o que causou a grande mortandade global.

Verificou-se que o CO_2 desempenhou um importante papel nesse evento. Ao estudar folhas fósseis, os paleobotânicos descobriram que os níveis de CO_2 na atmosfera aumentaram muito após o impacto, provavelmente porque o asteroide colidiu com rochas ricas em calcário. Espécies que não conseguiram suportar o aumento do calor (incluindo muitos répteis) sucumbiram.

Dez milhões de anos depois — 55 milhões de anos atrás —, houve outro evento global. A superfície da Terra esquentou abruptamente cerca de 5 a 10°C. Em novembro de 2003, ao perfurar mais de 2 quilômetros de profundidade no norte do Pacífico, cientistas encontraram uma camada de lodo de 25 centímetros de espessura. Sua análise revelou uma história assombrosa.

A primeira coisa que os pesquisadores notaram foi que a camada estava em cima de uma região de fundo oceânico que fora corroída por ácido, uma prova poderosa de que os oceanos tinham se acidificado. Essa é uma tendência que podemos observar hoje e que ocorre quando o CO_2 é absorvido pela água do mar em grandes quantidades.

Não surpreende que a vida nas profundezas do mar tenha sido afetada de modo significativo. Ao estudar os fósseis, pesquisadores descobriram que houve uma extinção maciça da vida marinha, de minúsculos plânctons aos monstros das profundezas.

Em terra, há indícios de mudanças abruptas nas chuvas durante esse período. E ocorreu uma série de migrações por meio das quais a fauna e a flora da Ásia espalharam-se por pontes terrestres que iam do Círculo Ártico à América do Norte e à Europa. Os recém-chegados levaram muitas criaturas à extinção. Sabemos que, naquela época, a incrível quantidade de 1.500 a 3 mil gigatoneladas de carbono foi lançada na atmosfera. De uma perspectiva geológica, a liberação aconteceu "instantaneamente", o que significa que pode ter ocorrido no curso de algumas décadas ou menos. A concentração de CO_2 na atmosfera subiu de cerca de 500 partes por milhão (duas vezes a concentração dos últimos 10 mil anos) para cerca de 2 mil partes por milhão.

A mudança climática de 55 milhões de anos atrás parece ter sido impulsionada pelo equivalente a um grande churrasco a gás natural.

Cientistas acreditam que o gás pode ter vindo de crateras sob o mar da costa norueguesa. O combustível para o evento encontrava-se em uma das maiores acumulações de hidrocarbonetos — principalmente na forma de gás metano — conhecidas.

Podemos imaginar a crosta da Terra se rachando à medida que as línguas de rocha derretida abriam caminho em direção ao combustível. Muito provavelmente, ele não queimou, mas se aqueceu e expandiu, forçando a passagem rapidamente para a superfície. Quando chegou ao fundo do mar, deve ter acontecido uma grande explosão submarina, uma explosão como o mundo jamais viu.

A maior parte do metano, contudo, não chegou à atmosfera. Ele se combinou com o oxigênio da água do mar, deixando apenas CO_2 chegar à superfície. Com as profundezas do mar desprovidas de oxigênio, a vida provavelmente agonizou. Então, quando o CO_2 tornou as profundezas ácidas, uma infinidade de criaturas, a maioria das quais jamais conheceremos, foi levada à extinção. De fato, existem indícios crescentes de que muitas das criaturas do alto-mar existentes hoje evoluíram depois dessa época. Foram necessários no mínimo 20 mil anos para que a Terra reabsorvesse todo o carbono adicional.

Como a extinção de 55 milhões de anos atrás foi provocada por um rápido aumento nos gases do efeito estufa, ela oferece a melhor analogia a nossa situação atual. No entanto, existem diferenças consideráveis.

A Terra está em uma fase de "geladeira" há milhões de anos, mas há 55 milhões ela já estava muito quente, com níveis de CO_2 duas vezes mais elevados que os atuais. Não existiam calotas polares, e provavelmente havia poucas espécies adaptadas ao frio — certamente nada como o narval ou o urso-polar. Tampouco é provável que esse mundo mais quente tivesse as maravilhosas camadas estratificadas de vida que encontramos hoje nas montanhas ou nas profundezas do mar.

Agora a Terra pode perder muito mais com o aquecimento rápido do que o mundo de 55 milhões de anos atrás. Naquela época, o aquecimento encerrou um período geológico, enquanto nós, por meio de nossas atividades, podemos provocar o fim de uma era inteira.

6

NASCIDO NO FRIO EXTREMO

Nós, seres humanos, somos, como sugere o nosso nome científico *Homo sapiens*, as "criaturas pensantes". E, no panorama geral, chegamos bem recentemente.

O período em que nossa espécie nasceu é chamado de Pleistoceno, o que significa a época mais recente. Ele compreende os últimos 2,4 milhões de anos. Os primeiros representantes da nossa espécie — modernos tanto no aspecto físico, quanto no mental — caminharam pela Terra por volta de 150 mil anos atrás, na África, onde os arqueólogos encontraram ossos, ferramentas e restos de antigas refeições. Eles evoluíram de ancestrais de pequenos cérebros conhecidos como *Homo erectus*, que viveram por 2 milhões de anos.

Talvez a força propulsora que transformou alguns "deles" em "nós" tenha sido a oportunidade oferecida pelo litoral dos lagos da grande fossa africana, ou talvez pela riqueza de alimento da corrente das Agulhas, que percorre as praias do sul do continente. Nesses lugares, novos alimentos e desafios podem ter favorecido o uso de ferramentas especializadas e oferecido uma vantagem evolucionária àqueles com maior inteligência. O ambiente desses nossos ancestrais distantes era dominado por um clima gelado, no qual o destino de todas as coisas vivas era determinado pelos ciclos de Milankovitch. Sempre que esses ciclos expandiam o mundo gelado dos polos, ventos frios sopravam em todo o planeta, as temperaturas despencavam, lagos secavam ou se enchiam, correntes marinhas cheias de alimento fluíam ou desapareciam, e a vegetação e os animais realizavam migrações através dos continentes.

A herança genética estabelecida nesse mundo de gelo permanece conosco. Uma grande redução na diversidade dos nossos genes, por exemplo, nos fala de uma época, há 100 mil anos, quando os seres humanos eram tão raros quanto os gorilas hoje. Podíamos facilmente ter desaparecido, pois 2 mil adultos férteis foi tudo o que restou entre nós e a extinção.

Mas então os ciclos de Milankovitch se alteraram de maneiras que favoreceram a nossa espécie e, há 60 mil anos, pequenos bandos de humanos atravessaram o Sinai e chegaram à Europa e à Ásia. Há 46 mil anos eles tinham alcançado a ilha continental da Austrália e, há 13 mil anos, quando o gelo recuou pela última vez, descobriram as Américas.

Agora havia milhões da nossa espécie no planeta, e grupos avançavam da Tasmânia até o Alasca. No entanto, durante milhares de anos, esses indivíduos inteligentes, que eram como nós nos aspectos físicos e mentais, permaneceram sendo nada mais que caçadores e coletores. Levando em consideração nossas grandes realizações durante os últimos 10 mil anos, esse longo período de estagnação é um enigma. Este enigma tem algo a ver com o clima? Para responder essa pergunta, precisamos analisar os registros climáticos da era do gelo.

Uma das fontes de informação sobre o clima são pedaços de madeira. É possível ver em seus anéis de crescimento a história de como eram as coisas quando aquela árvore viveu.

Anéis bem espaçados falam de estações quentes e boas para o crescimento, quando o Sol brilhava e a chuva caía nas ocasiões certas. Anéis comprimidos, registrando pouco crescimento da árvore, contam uma história de adversidade, quando invernos longos e frios e verões assolados pela seca testaram a vida até os seus limites.

O ser vivo mais antigo de nosso planeta é um pinheiro aristado de mais de 3 mil metros de altura nas montanhas Brancas da Califórnia. Com mais de 4.600 anos, ele cresce no bosque de Matusalém junto a muitos outros espécimes também antigos. Sua localização exata é um segredo bem-guardado, porque a árvore, vulnerável a perturbações, vem morrendo lentamente nos últimos 2 mil anos.

Em seu tronco, essa árvore única guarda um registro detalhado, ano a ano, das condições climáticas na Califórnia. Ao combinar o padrão do núcleo da árvore de Matusalém com a casca de um toco morto próximo é possível penetrar no tempo até uma profundidade de 10 mil anos. Registros de anéis de árvores desse comprimento foram obtidos em ambos os hemisférios. Existe até esperança de que os grandes pinheiros *kauri* da Nova Zelândia, cuja madeira pode resistir nos pântanos durante milênios sem apodrecer, forneçam um registro abrangendo 60 mil anos de mudanças climáticas.

Mas, com toda a sua conveniência, o que o registro climático das árvores pode nos revelar é relativamente limitado. Para obter um registro realmente detalhado, é necessário recorrer ao gelo — mas ele revela seus segredos apenas em lugares muito especiais.

Um desses lugares é a geleira Quelccaya, nas altas montanhas do Peru. Lá, as precipitações de neve de cada ano são separadas por uma faixa de poeira escura soprada dos desertos abaixo durante a estação seca do inverno. Três metros de neve podem cair em Quelccaya num verão, e as precipitações das estações seguintes comprimem essa camada, transformando-a primeiro em neve granulosa e depois em gelo.

No processo, bolhas de ar ficam aprisionadas. Essas bolhas tornam-se minúsculos arquivos que documentam as condições da atmosfera. Mesmo a poeira nas bolhas tem informação, pois revela a força e a direção dos ventos e as condições abaixo da calota polar.

As geleiras da Groenlândia e da Antártida fornecem os núcleos mais profundos. Quando as circunstâncias são favoráveis, registros verdadeiramente espetaculares podem ser obtidos. Em junho de 2004, uma coluna de gelo com 3 quilômetros de comprimento foi retirada de uma região da Antártida conhecida como Domo C (acerca de 500 quilômetros da base russa Vostok). Perfurar através do gelo é mais perigoso do que se imagina, e a retirada de uma coluna de gelo tão longa é considerada um dos maiores triunfos da ciência.

O local da perfuração é terrivelmente frio: −50°C no início da estação de perfuração e −25°C no meio do verão antártico. A broca da perfuratriz tem apenas 10 centímetros de espessura e, à medida que abre caminho para baixo, uma delgada coluna de gelo vai sendo separada e empurrada para a superfície. O primeiro quilômetro foi especialmente difícil, pois ali o gelo é cheio de bolhas de ar. Conforme a coluna de gelo vai sendo puxada para a superfície, essas bolhas tendem a despressurizar, espatifando o gelo em lascas imprestáveis. E, o que é pior, as lascas podem entupir a cabeça da perfuratriz, emperrando-a rapidamente.

No verão de 1998-99, a cabeça de uma perfuratriz ficou presa a mais de 1 quilômetro abaixo da superfície, deixando a equipe sem outra opção senão abandonar a perfuração e começar tudo de novo. Dessa vez, à medida que perfuravam os 3 quilômetros até o fundo, eles paravam depois de cada metro ou 2 para trazer os preciosos núcleos de gelo para a superfície.

No momento em que a equipe ultrapassou o ponto atingido pela perfuração anterior, o entusiasmo foi palpável. "Sabíamos que estávamos obtendo material que nunca fora visto antes", disse um membro da equipe, e cada quilômetro conquistado foi celebrado com um champanhe especialmente aquecido.

Quando estavam quase atingindo o leito rochoso, surgiu outro problema. O calor das rochas abaixo estava derretendo o gelo, ameaçando emperrar novamente a perfuratriz. Os 100 metros finais foram perfurados no final de 2004, usando uma cabeça de perfuratriz improvisada: uma bolsa de plástico cheia de etanol (para derreter o gelo suavemente, abrindo caminho para baixo).

Os núcleos de gelo do Domo C nos permitem vislumbrar as condições durante a chamada máxima glacial, quando o domínio do gelo atingiu seu ponto máximo. A última vez que isso aconteceu foi entre 35 mil e 20 mil anos atrás.

Naquela época, o nível do mar era 100 metros mais baixo que hoje, alterando a forma dos continentes. As partes mais densamente habitadas da América do Norte e da Europa encontravam-se debaixo de quilômetros de gelo. Até mesmo as regiões ao sul da calota polar, como a França central, eram desertos subárticos. Sua temporada de crescimento de sessenta dias alternava ventos congelantes vindos do norte com alguns períodos de calmaria, quando uma sufocante névoa de poeira glacial enchia o ar.

Ao final da era do gelo, as mudanças foram grandes e muito rápidas. Os climatologistas estavam especialmente interessados num período em torno de 20 mil a 10 mil anos atrás — quando a máxima glacial começou a enfraquecer —, pois durante aqueles dez milênios a temperatura média superficial da Terra subiu 5°C, a elevação mais rápida registrada na história recente do planeta.

Como a taxa e a escala da mudança durante esse período podem ser comparadas com o que se prevê que vai acontecer neste século? Se não reduzirmos nossas emissões de gases do efeito estufa, um aumento de 3°C (2°C para mais ou para menos) durante o século XXI parece inevitável. No final da última máxima glacial, porém, o aquecimento mais rápido registrado foi de 1°C por milênio.

Hoje enfrentamos uma taxa de mudança trinta vezes mais rápida — e, como os seres vivos precisam de tempo para se ajustar, a velocidade é tão importante quanto a escala no que se refere à mudança climática.

Em 2000, a análise de um núcleo do golfo Bonaparte, no noroeste tropical da Austrália, revelou que há 19 mil anos, durante um período de apenas cem a quinhentos anos, o nível dos mares subiu abruptamente cerca de 10 a 15 metros, o que indica que o aquecimento começara muito antes do que se imaginava. A água viera do colapso de uma maciça calota polar do hemisfério Norte. A água do derretimento, por sua vez, teve impacto na corrente do Golfo, a extraordinária corrente oceânica que flui para o norte, atravessando milhares de quilômetros desde o Golfo do México.

Na época, a camada de gelo derretido derramou algo entre um quarto e dois *sverdrups* de água doce no Atlântico Norte. A escala das correntes oceânicas é medida em uma unidade cujo nome homenageia o oceanógrafo norueguês Hans Ulrich Sverdrup. Um *sverdrup* é um fluxo de água muito grande — 1 milhão de metros cúbicos de água por segundo por quilômetro quadrado — e, ao romper a corrente do Golfo, esse fluxo teve consequências profundas.

A corrente do Golfo transporta uma grande quantidade de calor para o norte, proveniente da região próxima do equador — quase um terço do calor que o Sol traz para a Europa Ocidental, e esse calor vem de uma corrente de água salgada e aquecida. À medida que libera seu calor, a água afunda, porque, sendo salgada, é mais pesada que a água ao seu redor. Esse afundamento traz mais água salgada e morna para o norte. Mas, se a salinidade da corrente do Golfo for diluída com água doce, ela não afunda quando esfria e não leva mais água morna para o norte no seu rastro.

A corrente do Golfo já parou de fluir no passado. Sem o calor que ela traz, as geleiras começam a crescer de novo, e, como sua superfície branca reflete o calor do Sol de volta para o espaço, o solo esfria. Animais e plantas emigram ou morrem, e as regiões temperadas como a França central mergulham num frio siberiano.

O calor, contudo, não desaparece. A maior parte se acumula em torno do equador e do hemisfério Sul, onde pode causar o derretimento das geleiras do sul. Os raios do Sol passam então a incidir sobre a superfície escura do mar no lugar do gelo, sendo absorvidos. Isso esquenta o mundo de baixo para cima, por assim dizer. Com a corrente do Golfo se restabelecendo, cortesia do gelo crescente no norte, o mundo entra em outro ciclo de aquecimento.

Algo em torno de dois *sverdrups* de água doce são necessários para retardar significativamente a corrente do Golfo, e o registro geológico confirma que isso aconteceu repetidamente entre 20 mil e 8 mil anos atrás. Assim, a transição da era do gelo para o clima atual foi uma arriscada corrida na montanha-russa.

E então essa loucura climática foi substituída pela mais serena calma. Foi como se, nas palavras do arqueólogo Brian Fagan, tivesse chegado um longo verão, cujo calor e cuja estabilidade o mundo da era do gelo jamais conhecera. Em todo o mundo, pessoas que até então se abrigavam em cabanas, vivendo da coleta, começaram a cultivar plantações, a domesticar os animais e a viver em cidades.

A estabilidade e o calor foram os gatilhos para o desenvolvimento da nossa complexa sociedade?

7

O LONGO VERÃO

O longo verão dos últimos 8 mil anos foi sem dúvida o evento crucial na história humana. Embora a agricultura tenha começado mais cedo (em torno de 10.500 anos atrás no Crescente Fértil, no Oriente Médio), foi durante esse período que obtivemos nossas principais colheitas e animais domésticos, surgiram as primeiras cidades, as primeiras valas de irrigação foram escavadas, as primeiras palavras foram escritas e as primeiras moedas, cunhadas.

E essas mudanças aconteceram não uma vez, mas várias vezes em partes diferentes do mundo. Antes de o longo verão completar 5 mil anos, cidades tinham se desenvolvido na Ásia Ocidental e Oriental, na África e na América Central. As semelhanças entre seus templos, suas casas e suas fortificações são espantosas.

É como se a mente humana tivesse abrigado um planejamento para a construção de uma cidade o tempo todo, e estivesse apenas esperando as condições adequadas.

Esses povoados eram governados por uma elite que dependia dos artesãos. Em algumas sociedades a escrita se desenvolveu e, mesmo nas mais antigas anotações — em tabuletas de barro da antiga Mesopotâmia —, reconhecemos a vida como é vivida em uma grande metrópole.

Esse longo verão resultou de uma casualidade cósmica? Os ciclos de Milankovitch, o Sol e a Terra estavam na "condição certa" para criar um período de calor e estabilidade de duração sem precedentes? Durante todos os períodos quentes do qual temos conhecimento no último milhão de anos, os ciclos de Milankovitch causaram um súbito aumento na temperatura, seguido de um longo e instável resfriamento. Não há nada de diferente no atual ciclo de Milankovitch que justifique o longo verão. Na verdade, se estes ciclos ainda estivessem controlando o clima da Terra, deveríamos perceber um esfriamento considerável a esta altura.

Ao tentar explicar o longo verão, Bill Ruddiman, cientista do meio ambiente na Universidade da Virgínia, começou a procurar por um fator único — algo que estivesse agindo apenas neste último ciclo e em nenhum dos anteriores. Esse fator único, concluiu, fomos nós.

O ganhador do Prêmio Nobel Paul Crutzen (premiado por sua pesquisa sobre o buraco na camada de ozônio) e seus colegas já tinham reconhecido e dado um nome a esse novo período geológico em homenagem à nossa espécie. Eles o chamaram de Antropoceno — que significa a era da humanidade — e marcaram seu início em 1800 d.C., quando o metano e o CO_2 produzidos pelas gigantescas máquinas da Revolução Industrial começaram a afetar o clima da Terra.

Ruddiman acrescentou uma reviravolta engenhosa a esse argumento: ele detectou o que acredita ser influência humana no clima da Terra bem antes de 1800.

Mapeando os níveis de dois gases críticos do efeito estufa — metano e CO_2 — nas bolhas de ar aprisionadas nas calotas polares da Groenlândia e da Antártica, Ruddiman descobriu que, 8 mil anos atrás, os ciclos de Milankovitch já não podiam explicar o que realmente acontecera. O metano deveria ter começado a declinar nessa época, e ter passado a declinar rapidamente há 5 mil anos. No lugar disso, depois de uma leve queda, as concentrações de metano começaram a aumentar de forma lenta mas enfática.

Isso, argumenta Ruddiman, é indício de que o homem tinha tomado da natureza o controle das emissões de metano, e assim deveríamos marcar o início do Antropoceno há 8 mil anos e não há duzentos.

Foi o princípio da agricultura — particularmente a agricultura úmida, como a que é praticada no cultivo do arroz em terraços alagados do leste da Ásia — que fez a balança pender. Esses sistemas agrícolas podem ser grandes produtores de metano. Fazendeiros de outras culturas, que necessitam de uma condição alagadiça, fizeram suas próprias contribuições nesse sentido. A agricultura de tabo (que envolve a criação e a manutenção de estruturas para o controle da água), por exemplo, já estava em pleno uso na Nova Guiné há 8 mil anos.

Até mesmo os caçadores e coletores podem ter desempenhado um papel. A construção de represas transformam vastas áreas do sudeste da Austrália em pântanos sazonais. Essas estruturas talvez tenham sido as mais extensas criadas por um povo não agrícola e eram usadas para regular os pântanos para a criação de enguias. Colhidas em massa nas grandes reuniões das tribos, as enguias eram então secas e defumadas para serem comercializadas a longas distâncias.

Ruddiman também encontrou indícios nas bolhas do gelo de que as concentrações de CO_2 na atmosfera estavam sendo influenciadas por seres humanos muito antes do que se imaginava. Os níveis de CO_2 aumentam rapidamente quando a era do gelo termina, e então se inicia um lento declínio em direção ao próximo período de frio. Mas, nesse ciclo, eles continuaram a subir. Em 1800, o nível de CO_2 na atmosfera tinha subido para 280 partes por milhão. Se os ciclos naturais ainda estivessem controlando sozinhos a produção de CO_2, segundo Ruddiman, o nível deveria ter ficado em torno de 240 partes por milhão, e começar a diminuir.

À primeira vista esse argumento parece frágil. Afinal, o homem primitivo precisaria ter emitido o dobro do carbono produzido pela nossa era industrial entre 1850 e 1990 — uma produção que só se tornou possível devido a uma população sem precedentes fazendo uso de máquinas que queimavam carvão.

A chave, diz Ruddiman, é o tempo. Oito mil anos é bastante tempo, e à medida que a humanidade cortava e

queimava florestas pelo mundo, sua atividade era como uma mão lançando penas sobre um prato de balança: por fim, se acumularam penas suficientes para a fazer pender.

A delicada estabilidade climática criada pela humanidade nos últimos 8 mil anos, argumenta Ruddiman, ainda era vulnerável aos grandes ciclos de Milankovitch. O arqueólogo Brian Fagan afirma que esses ciclos podem ser amplificados para terem impactos verdadeiramente monumentais sobre a sociedade humana. A ligeira mudança na órbita da Terra entre 10.000 e 4000 a.c. aumentou de 7% a 8% a quantidade de luz solar no hemisfério Norte.

Isso alterou a circulação atmosférica, o que resultou no aumento da precipitação de chuva na Mesopotâmia de 25% a 30%. O que outrora fora um deserto tornou-se uma planície verdejante que mantinha densas comunidades de agricultores. Contudo, depois de 3800 a.C., a órbita da Terra voltou ao seu antigo padrão e a chuva diminuiu, forçando muitos agricultores a abandonar seus campos e partir em busca de comida.

Fagan acredita que os retirantes impulsionados pela fome encontraram refúgio em alguns locais estratégicos, como Uruk (hoje no sul do Iraque), onde canais de irrigação partiam de muitos rios. Ali, os emigrantes esfomeados foram postos para trabalhar pela autoridade central em projetos de construção tais como a manutenção dos canais de irrigação.

A redução nas chuvas, argumenta Fagan, também forçou os agricultores de Uruk a inovar, e assim eles usaram, pela primeira vez, arados e animais para cultivar os campos em uma rotação que envolvia duas colheitas por ano.

Com a produção de grãos localizada em volta de cidades estratégicas, os povoados em torno delas começaram a especializar-se na produção de cerâmica, metais ou peixes, que eram trocados nos mercados de Uruk por grãos, cada vez mais escassos.

Cada uma dessas mudanças levou ao desenvolvimento de uma autoridade mais centralizada, que levou à criação dos primeiros burocratas do mundo, encarregados de contar e distribuir os grãos vitais.

A soma de todas essas mudanças, foi uma alteração na organização humana e, em 3100 a.C., as cidades do sul da Mesopotâmia tinham se tornado as primeiras civilizações do mundo. Na verdade, afirma Fagan, a cidade é uma adaptação humana a condições climáticas mais secas.

Retornemos agora à análise de Bill Ruddiman, porque contém vários aspectos interessantes. Ele vê uma clara correlação entre épocas de baixo nível de CO_2 na atmosfera e várias pragas causadas pela bactéria *Yersinia pestis* — a peste negra dos tempos medievais. Essas epidemias tinham um alcance global e matavam tanta gente que florestas voltavam a crescer no lugar de plantações abandonadas. Nesse processo, elas absorviam o CO_2, baixando as concentrações atmosféricas em cerca de 5 a 10 partes por milhão. A temperatura global caía e períodos relativamente frios se seguiam em lugares como a Europa.

A tese de Ruddiman sugere que, ao acrescentar gases do efeito estufa em quantidade suficiente para retardar outra era do gelo, mas sem superaquecer o planeta, os antigos realizaram um ato de magia química. Hoje, contudo, as mudanças que os cientistas estão detectando em nossa atmosfera são tão grandes que tudo indica que o portal do tempo está se abrindo novamente.

Existem sinais inegáveis de que o Antropoceno está cada vez pior. Será que este se tornará o mais curto período geológico da história?

8

DESENTERRANDO OS MORTOS

Caminhamos sobre a terra,
e olhamos para ela,
como o arco-íris lá em cima.
Mas há algo lá embaixo,
sob o solo.
Que não conhecemos.
Que você não conhece.
O que você quer fazer?
Se o tocar,
poderá ter um ciclone, chuva pesada, uma inunda-
ção.
Não apenas aqui,
você poderá matar alguém em outro lugar.
Poderá matá-lo em outro país.
Você não pode tocá-lo.

Big Bill Neidjie, *Gagadju Man*, 2001

Os aborígines da Austrália vivem muito próximos da terra e possuem um modo peculiar de ver o mundo. Tendem a vê-lo como um todo. Big Bill Neidjie foi um ancião verdadeiramente sábio que passou a juventude vivendo uma vida tribal de intimidade com a terra. Quando nos conta sobre o impacto da mineração em sua terra de Kakadu, ele não fala de minas, dos refugos ou da terra envenenada. Em poucas palavras, ele descreve o grande ciclo que vai da perturbação do eterno sonho vivo dos ancestrais à catástrofe à espreita das futuras gerações.

O desafio que ele lança — "O que você quer fazer?" — é constrangedor, porque meu país — o país de Bill — está todo perfurado por minas de todo tipo, e mais carvão é retirado de suas entranhas, para ser enviado ao exterior, do que de qualquer outro lugar do planeta. Bill percebeu os elos ocultos entre a mineração, a mudança climática e o bem-estar dos seres humanos que os cientistas se esforçam para entender em seus estudos sobre os gases do efeito estufa. O desafio de Bill ainda espera por uma resposta, porque ainda temos uma chance de decidir o nosso futuro.

Os combustíveis fósseis — petróleo, carvão e gás — são tudo o que resta de organismos que, há muitos milhões de anos, retiraram carbono da atmosfera. Quando queimamos madeira, liberamos o carbono que estava fora de circulação há algumas décadas, mas quando queimamos combustíveis fósseis, liberamos carbono que estava fora de circulação há eras.

Desenterrar os mortos desse modo é algo particularmente ruim para os vivos fazerem.

Em 2002, a queima de combustíveis fósseis liberou um total de 21 bilhões de toneladas de CO_2 na atmosfera. Desse total, o carvão contribuiu com 41%, o petróleo, com 39%, e o gás, com 20%. A energia que liberamos quando queimamos esses combustíveis vem do carbono e do hidrogênio. Como o carbono provoca a mudança climática, quanto mais rico em carbono for o combustível, mais perigo representa para o futuro da humanidade. Antracito, o melhor carvão negro, é quase puro carbono. Queimar uma tonelada dele gera 3,7 toneladas de CO_2.

Os combustíveis derivados do petróleo contêm dois átomos de hidrogênio para cada átomo de carbono em sua estrutura. O hidrogênio produz mais calor quando queimado que o carbono (e ao fazê-lo produz apenas água), portanto a queima do petróleo libera menos CO_2 por unidade usada que a queima de carvão.

O combustível fóssil com menos quantidade de carbono é o metano, que tem apenas um átomo de carbono para quatro de hidrogênio.

Esses combustíveis formam uma escada que afasta o carbono da condição de combustível para nossa economia. Mesmo fazendo uso dos métodos mais avançados (e a maioria das usinas de energia elétrica movidas a carvão nem chega perto disso), a queima de antracito para gerar eletricidade resulta em 67% mais emissões de CO_2 que a queima de metano, enquanto o carvão marrom (que é mais jovem e tem mais umidade e impurezas) produz 130% mais.

Para ver a usina elétrica mais poluidora do planeta (em termos de CO_2), você deve visitar Gippsland, em Victoria, na Austrália, a qual é movida a carvão Hazelwood e distribui eletricidade para grande parte do estado.

Da perspectiva da mudança climática, então, existe um mundo de diferença entre usar gás ou carvão para impulsionar uma economia.

O carvão é o combustível fóssil mais abundante em nosso planeta. Aqueles que estão na indústria do carvão com frequência se referem a ele como "luz do sol enterrada", pois o carvão é o resto fossilizado de plantas que cresceram em pântanos há milhões de anos. Em lugares como Bornéu, é possível observar os estágios iniciais da formação do carvão. Lá, enormes árvores tombam e afundam num pântano onde a ausência de oxigênio impede o apodrecimento. Mais e mais vegetação morta se acumula até formar uma espessa camada de matéria vegetal encharcada. Os rios então lançam areia e sedimentos no pântano, que comprimem a vegetação, retirando a umidade e outras impurezas.

À medida que o pântano vai sendo enterrado mais profundamente na terra, o calor e o tempo alteram a composição química da madeira, das folhas e de outras matérias orgânicas para produzir um material em decomposição chamado turfa. Primeiro, a turfa é convertida em carvão marrom e, depois de muitos milhões de anos, o carvão marrom se transforma em carvão betuminoso, que tem menos umidade e impurezas. Se mais pressão e calor forem aplicados, e mais impurezas removidas, ele pode finalmente se tornar antracito. Em sua forma mais rara, o antracito forma o azeviche, uma pedra preciosa tão bonita quanto o diamante.

Certas épocas na história da Terra foram mais propícias à formação de carvão do que outras. No período Eoceno, cerca de 50 milhões de anos atrás, grandes pântanos cobriam partes da Europa e da Austrália. Seus restos enterrados formam os depósitos de carvão marrom encontrados atualmente.

A maior parte do antracito do mundo existiu durante o período Carbonífero, entre 360 e 290 milhões de anos atrás. Recebeu esse nome por causa dos imensos depósitos de carvão então existentes no planeta; o mundo do período Carbonífero era um lugar muito diferente das terras alagadas de hoje.

Se fosse possível andar de barco pelos pântanos dessa era passada, no lugar dos ciprestes dos pântanos e de árvores semelhantes se veriam gigantescos parentes dos licopódios (plantas primitivas dos pântanos), assim como plantas ainda mais estranhas, agora extintas. Os troncos escamosos e em forma de colunas do *Lepidodendron* cresciam em florestas densas; cada um tinha 2 metros de diâmetro e erguia-se 45 metros no ar. Eles não se ramificavam senão no topo, onde alguns poucos ramos curtos tinham folhas de 1 metro de comprimento.

Não havia répteis, mamíferos ou pássaros naqueles tempos longínquos. No lugar deles, a floresta úmida e sufocante enxameava de insetos e espécies semelhantes. A atmosfera era rica em oxigênio. Centopeias chegavam a 2 metros de comprimento, as aranhas atingiam até 1 metro de largura, e as baratas tinham 30 centímetros. Havia libélulas cujas asas chegavam a 1 metro de envergadura, enquanto nas águas espreitavam anfíbios do tamanho de crocodilos com cabeças enormes, bocas largas e olhos que pareciam contas.

Ao furtar o tesouro enterrado desse mundo alienígena, nos libertamos dos limites da produção biológica em nossa era atual.

A marcha em direção a um futuro dependente dos combustíveis fósseis começou na Inglaterra de Eduardo I. O próprio rei detestava tanto o cheiro do carvão que, em 1306, proibiu a sua queima no reino. Há até mesmo registros de queimadores de carvão que foram torturados, enforcados ou decapitados. Mas as florestas da Inglaterra estavam sendo exauridas. Apesar do rei, os ingleses se tornaram os primeiros europeus a queimar carvão em grande escala.

Naquela época, não se tinha ideia do que era o carvão. Muitos mineiros acreditavam que era uma substância viva que crescia debaixo do solo, e que crescia mais rápido se fosse coberta de esterco. O cheiro de enxofre que acompanhava a sua queima era uma lembrança desagradável do inferno sob seus pés. As pessoas também associavam o carvão com a praga.

Apesar de tudo isso, em 1700, mil toneladas por dia eram queimadas em Londres. Uma crise energética logo se instalou. As minas inglesas tinham sido escavadas tão profundamente que começavam a se encher de água. Era preciso encontrar um meio de bombeá-la.

O homem que descobriu como isso poderia ser feito foi um ferreiro do interior chamado Thomas Newcomen. Seu aparelho queimava carvão para produzir vapor, que era então condensado para criar um vácuo, movendo um pistão que bombeava a água. A primeira máquina de Newcomen foi instalada na mina de carvão de Staffordshire em 1712. Cinquenta anos depois, centenas delas funcionavam em minas de todo o país, e a produção de carvão da Inglaterra tinha crescido para 6 milhões de toneladas por ano.

O engenhoso James Watt aperfeiçoou o projeto de Newcomen, e, em 1784, o amigo de Watt William Murdoch produziu a primeira máquina a vapor móvel. Daquele momento em diante, ficou claro que o novo século — o XIX — seria o século do carvão. Nenhuma outra fonte de energia poderia rivalizar com ele no aquecimento e na cozinha, na indústria e no transporte. Em 1882, quando Thomas Edison inaugurou a primeira usina de energia elétrica, no sul de Manhattan, a produção de eletricidade foi acrescentada à lista de utilidades do carvão.

Mais carvão é queimado hoje do que em qualquer outra época no passado.

Duzentas e quarenta e nove usinas de energia movidas a carvão foram projetadas para construção no mundo, entre 1999 e 2009, quase a metade delas na China. Mais 483 se seguirão na década até 2019 e mais 710 entre 2020 e 2030. Um terço delas serão chinesas, e no total produzirão 710 gigawatts de energia. Um gigawatt equivale a 1 bilhão de watts de energia. O CO_2 que elas produzem vai continuar a aquecer o planeta durante séculos.

Se o século XIX foi o século do carvão, o século XX foi o do petróleo. Em 10 de janeiro de 1901, no alto de uma pequena colina no Texas chamada Spindletop, Al Hamill fazia perfurações em busca de petróleo. Ele tinha penetrado mais de 300 metros no arenito abaixo, e, às 10h30 da manhã, aborrecido com a falta de sorte, estava a ponto de desistir. Então, com um "estrondo ensurdecedor e um grande rugido, nuvens espessas de gás metano esguicharam do buraco. Em seguida veio o líquido, uma coluna de 15 centímetros de largura, que subiu centenas de metros no céu do inverno antes de cair de volta na terra como uma chuva negra". A descoberta de petróleo em camadas tão profundas era uma novidade. O petróleo substituiu o carvão nas áreas de transporte e aquecimento doméstico.

O problema do petróleo é que ele existe em uma quantidade muito menor que o carvão e é mais difícil de encontrar.

O petróleo é um produto da vida em antigos oceanos e estuários. É composto primariamente de restos de plâncton — em particular de plantas de uma única célula conhecidas como fitoplâncton. Quando o fitoplâncton morre, seus restos são carregados para as profundezas desprovidas de oxigênio, onde sua matéria orgânica pode acumular-se sem ser consumida pelas bactérias.

O processo geológico para fazer petróleo é tão preciso quanto uma receita para fazer panquecas.

Primeiro os sedimentos contendo o fitoplâncton devem ser enterrados e comprimidos por outras rochas. Então, condições perfeitas são necessárias para espremer a matéria orgânica para fora das rochas e transferi-la, através de fendas e rachaduras, até um estrato adequado para o armazenamento. Esse estrato deve ser poroso, mas acima dele tem de existir outra camada de rocha espessa, o suficiente para impedir que ela escape.

Além disso, as gorduras e ceras que são a fonte do petróleo devem ser "cozidas" entre 100 e 135°C durante milhões de anos. Se a temperatura exceder esse limite, tudo o que restará será gás, ou então os hidrocarbonetos serão perdidos inteiramente. O surgimento de reservas de petróleo é um resultado do puro acaso — as rochas certas sendo cozidas do modo certo, no tempo correto.

A casa de Saud, o sultão do Qatar e os outros principados opulentos do Oriente Médio devem suas fortunas a esse acidente geológico. As condições das rochas em sua região foram perfeitas para produzir uma fartura de petróleo. Antes de ser explorado, apenas um dos campos de petróleo sauditas, o de Ghawar, continha, sozinho, um sétimo de toda a reserva de petróleo do planeta.

Até 1961, as empresas de petróleo encontravam mais e mais petróleo a cada ano, a maior parte no Oriente Médio. Desde então, a taxa de descobertas diminuiu, e no entanto a taxa de uso disparou. Em 1995, o homem estava usando cerca de 24 bilhões de barris de petróleo por ano, mas uma média de apenas 9,6 bilhões de barris foram descobertos. Em 2006, o petróleo estava custando mais de 70 dólares o barril. Muitos analistas preveem preços cada vez mais elevados e talvez períodos de escassez já em 2010, o que sugere que algo novo será necessário para impulsionar as economias do século XXI.

Muitos na indústria acreditam que esse "algo novo" é o gás natural, do qual cerca de 90% é metano. Há trinta anos o gás supria apenas 20% da demanda mundial de combustível fóssil. Se a tendência atual persistir, em 2025 ele terá superado o petróleo como a mais importante fonte de combustível do mundo. Existem reservas de gás suficientes para durar cinquenta anos. Parece que este será o século do gás.

Em 1900, o mundo abrigava pouco mais de 1 bilhão de pessoas. Em 2000, éramos 6 bilhões, e cada um de nós usava, em média, quatro vezes a energia consumida por nossos antepassados cem anos antes. No século XXI, a queima de combustíveis fósseis aumentou 16 vezes.

De acordo com o pesquisador Jeffrey Dukes, todo o carbono e o hidrogênio nos combustíveis fósseis foi reunido através do poder da luz solar, captada por plantas muito antigas. Ele concluiu que aproximadamente 100 toneladas de vida vegetal antiga são necessárias para gerar 4 litros de petróleo.

Isso significa que, a cada ano de nossa era industrial, os seres humanos precisaram de centenas de séculos de luz solar antiga para manter sua economia funcionando. O número para 1997 — em torno de 422 anos de luz solar fossilizada — é típico.

Mais de 400 anos de resplandecente luz do Sol — consumidos por nós em um único ano!

As ideias de Dukes mudaram minha maneira de ver o mundo. Agora, quando ando pelas calçadas de arenito de Sidney, sinto o poder de raios de Sol há muito consumidos sob meus pés descalços. Ao olhar para uma rocha com uma lente de aumento, posso ver os grãos de bordas arredondadas que acariciam meus dedos e percebo que cada um daqueles incontáveis bilhões de grãos foi moldado pelo poder do Sol. Há mais de 300 milhões de anos o Sol retirou água do oceano, a qual caiu na forma de chuva sobre uma distante cadeia de montanhas. Pedacinho por pedacinho a rocha foi quebrada e levada pelos rios, até que tudo o que restou foram grãos arredondados de quartzo.

Um milhão de vezes mais energia deve ter sido gasta na criação daqueles grãos de areia do que em todos os empreendimentos humanos. Da sola dos meus pés ao alto da minha cabeça aquecida pelo Sol, entendo instantaneamente o que Dukes disse sobre a luz solar fossilizada: o passado é uma terra abundante, cuja riqueza armazenada é fabulosa quando comparada à nossa ração diária de radiação solar.

O poder e a sedução dos combustíveis fósseis serão difíceis de abandonar. Se o homem fosse buscar um substituto na biomassa (todas as coisas vivas, porém, nesse caso, particularmente as plantas), consumiríamos mais de 50% de toda a produção primária da Terra. Já usamos 20% mais do que o planeta pode fornecer de modo sustentável, portanto precisamos encontrar maneiras sustentáveis e inovadoras de fazer isso.

Em 1961, havia apenas 3 bilhões de pessoas, e elas usavam metade dos recursos totais que o nosso ecossistema global pode fornecer de modo sustentável. Em 1986, a população do planeta chegou a 5 bilhões e estávamos usando *toda* a produção sustentável da Terra.

Em 2050, quando se espera que a população atinja 9 bilhões, estaremos usando — se ainda puderem ser encontrados — a quantidade de recursos de quase dois planetas. Mas, apesar de toda a dificuldade que vamos enfrentar para encontrar esses recursos, são os nossos resíduos — particularmente os gases do efeito estufa — que constituirão o fator limitador.

Desde o princípio da Revolução Industrial, ocorreu um aquecimento global de 0,63°C no nosso planeta. Sua principal causa foi um aumento do CO_2 atmosférico de cerca de três partes por 10 mil para quase quatro. O maior aumento na queima de combustíveis fósseis aconteceu nas últimas décadas.

Nove dos dez anos mais quentes já registrados aconteceram depois de 1990.

Parte II

UM EM DEZ MIL

9

PORTAIS MÁGICOS, EL NIÑO E LA NIÑA

O efeito do aquecimento global no clima da Terra é como um dedo no interruptor de luz. Nada acontece por um momento, mas, se você aumentar a pressão, a certa altura uma mudança súbita acontece, e as condições se alteram rapidamente de um estado para o outro.

A climatologista Julia Cole se refere a esses saltos dados pelo clima como "portais mágicos" e argumenta que, desde que as temperaturas começaram a subir rapidamente, na década de 1970, nosso planeta testemunhou dois eventos desse tipo — em 1976 e em 1998.

A ideia de que a Terra atravessou um portal mágico do clima em 1976 originou-se no distante atol de corais de Maiana, no Kiribati, uma nação do Pacífico. Na verdade, ela se originou especificamente de um dos corais mais antigos já encontrados — um *Porita* de 155 anos que vivia e crescia nesse lugar. Ao perfurar uma seção desse antigo coral, pesquisadores descobriram que ele continha um registro detalhado da mudança climática desde 1840.

O portal mágico de 1976 podia ser visto em uma súbita e contínua elevação da temperatura superficial do mar de 0,6°C e um declínio de 0,8% na salinidade do oceano.

Entre 1945 e 1955, a temperatura da superfície do Pacífico tropical caía normalmente abaixo de 19,2°C, mas depois que o portal mágico se abriu, em 1976, ela raramente desceu a menos de 25°C. "O Pacífico tropical ocidental é a área mais quente do oceano global e constitui um importante regulador do clima", diz o pesquisador climático Martin Hoerling. Ele controla a maioria das precipitações tropicais e a posição da Corrente de Jato, a poderosa corrente de ar no alto da atmosfera cujos ventos trazem neve e chuva para a América do Norte.

Em 1977 a *National Geographic* publicou uma matéria sobre a instabilidade do clima do ano anterior, que incluíra condições amenas jamais vistas no Alasca e nevascas nos outros 48 estados dos Estados Unidos. A causa imediata foi uma mudança na Corrente de Jato, mas mudanças ocorreram em locais longínquos como o sul da Austrália e as ilhas Galápagos, que ficam no oceano Pacífico, na altura do Equador, a milhares de quilômetros da costa sul da América do Norte.

Charles Darwin visitou as ilhas Galápagos na década de 1830. Ele usou os tentilhões dessas ilhas para ilustrar sua teoria da evolução por seleção natural. Ele pôde fazer isso porque o isolamento das ilhas permitiu que suas plantas, aves e animais se desenvolvessem em circunstâncias diferenciadas. A região se tornou uma meca para os biólogos, que estabeleceram estações de pesquisa para monitorar suas criaturas.

Cientistas que estudavam os pássaros observaram impotentes a seca de 1977 quase exterminar uma espécie nativa de tentilhões em uma das ilhas. Da população de 1.300 que existia antes da seca, apenas 180 sobreviveram, e esses eram os indivíduos com os maiores bicos, o que permitia que se alimentassem quebrando as sementes mais duras.

Desses 180 sobreviventes, 150 eram machos. Quando as chuvas finalmente chegaram, eles enfrentaram uma dura competição para o acasalamento. Novamente, aqueles que tinham os bicos maiores venceram. Com esse duplo golpe da seleção natural, uma mudança mensurável no tamanho dos bicos ocorreu na população da ilha. Como tinham 150 anos de medições de bicos nas quais se basear, os biólogos sentiram que estavam testemunhando a evolução de uma nova espécie.

O portal mágico de 1998 está relacionado com o El Niño-La Niña, um ciclo de 2 a 8 anos de duração que provoca eventos climáticos extremos em boa parte do mundo.

O nome El Niño, que em espanhol se refere ao menino Jesus, foi cunhado por pescadores peruanos que perceberam que uma corrente quente irritava com frequência seu local de prova na época do Natal. La Niña quer dizer "a menina" e se refere ao período de resfriamento no oceano Pacífico oriental.

Durante a fase La Niña, os ventos sopram para oeste através do Pacífico, empurrando as águas superficiais mornas para a costa da Austrália e das ilhas que ficam ao norte. Com as águas superficiais mornas sopradas para oeste, a fria

Corrente de Humboldt consegue vir à tona na costa ocidental da América do Sul, a costa do Pacífico, trazendo com ela os nutrientes que alimentam uma das mais ricas regiões pesqueiras do mundo, a região da pesca da anchoveta.

A parte El Niño do ciclo começa com um enfraquecimento dos ventos tropicais, permitindo que a água morna superficial flua de volta para leste, submergindo a Humboldt e liberando umidade na atmosfera, o que provoca inundações nos normalmente áridos desertos peruanos. A água mais fria agora brota no Pacífico ocidental. Ela evapora tão rapidamente quanto a água morna, e então a seca atinge a Austrália e o sudeste da Ásia.

Quando o El Niño é intenso o bastante, pode devastar dois terços do planeta com secas, inundações e outros climas extremos.

O período 1997-98 do El Niño foi imortalizado pelo Fundo Mundial para a Natureza (agora Fundo Mundial para a Vida Selvagem, WWF) como "o ano em que o mundo pegou fogo". A seca tomou conta de boa parte do planeta. Houve incêndios em todos os continentes, mas foi nas florestas normalmente úmidas do Sudeste Asiático que chegaram ao auge. Lá arderam mais de 10 milhões de hectares, dos quais metade era de florestas antigas. Na ilha de Bornéu foram perdidos 5 milhões de hectares — uma área quase do tamanho da Holanda.

Muitas das florestas queimadas jamais se recuperarão em uma escala de tempo significativa para os seres humanos, e o impacto que isso teve sobre a fauna única de Bornéu provavelmente nunca será totalmente conhecido.

À medida que as concentrações dos gases do efeito estufa na atmosfera aumentarem, vivenciaremos condições de El Niño.

Eventos severos do El Niño podem alterar permanentemente o clima. O evento de 1998 liberou energia calórica suficiente para elevar a temperatura global em 0,3°C. Desde então a temperatura das águas do Pacífico ocidental central têm chegado frequentemente a 30°C, ao passo que a Corrente de Jato deslocou-se na direção do polo Norte. O novo regime climático também parece propenso a gerar El Niños mais extremos.

Pesquisadores que desejam documentar a reação da natureza à mudança climática recorrem às anotações feitas por observadores de pássaros, pescadores e outros observadores da natureza. Alguns desses registros são muito extensos — uma família inglesa registrou as datas em que sapos e rãs começavam a coaxar em sua propriedade todos os anos entre 1736 e 1947.

Antes de 1950, havia poucos indícios de qualquer tendência nesses registros, mas, nos últimos 60 anos, em todo o mundo, um padrão muito forte surgiu. Espécies avançaram em direção aos polos uma média de 6 quilômetros por década. Recuaram montanha acima ao ritmo de 6,1 metros por década. E a atividade primaveril avançou 2,3 dias por década.

Essas tendências estão de acordo com a escala e a direção dos aumentos de temperatura provocados pelos gases do efeito estufa e têm sido saudadas como uma "impressão digital global da mudança climática". Essas tendências são tão rápidas e definitivas que é como se os pesquisadores tivessem surpreendido o CO_2 no ato de empurrar a natureza para os polos com um chicote.

Minúsculos organismos marinhos conhecidos como copépodes, por exemplo, têm sido detectados a até mil quilômetros de distância de seu hábitat natural. Trinta e cinco espécies não migratórias de borboletas do hemisfério Norte voaram para o norte, algumas até 240 quilômetros, e ao mesmo tempo se extinguiram no sul. Até mesmo espécies tropicais estão em movimento, como os pássaros das terras baixas da Costa Rica, que avançaram 18,9 quilômetros para o norte num período de vinte anos.

Com tantas espécies se deslocando, é inevitável que as mudanças provocadas pelo homem no ambiente dificultem a migração.

Há uma subespécie da borboleta listrada de Edith que habita o norte do México e o sul da Califórnia. O aumento na temperatura da primavera fez com que o tipo de planta de que suas lagartas se alimentam — um tipo de boca-de-leão — murchasse mais cedo, deixando as larvas subnutridas e incapazes de se transformar em casulos. As borboletas poderiam ter migrado para o norte se a aglomeração urbana de San Diego não estivesse em seu caminho. Com apenas 20% de seu hábitat original capaz de mantê-la, a borboleta listrada de Edith pode não sobreviver ao fim do século.

Um início precoce da atividade primaveril é uma evidência-chave da mudança climática. No mundo dos pássaros, o arau-comum, uma ave marinha, começou a botar seus ovos em média 24 dias mais cedo a cada década durante o período em que seus ninhos foram estudados. Na Europa, numerosas espécies de plantas têm brotado e florescido de 1,4 a 3,1 dias mais cedo a cada década, e seus parentes na América do Norte, de 1,2 a 2 dias mais cedo. As borboletas europeias estão aparecendo de 2,8 a 3,2 dias mais cedo por década, enquanto os pássaros migratórios chegam à Europa de 1,3 a 4,4 dias mais cedo por década.

Enquanto algumas espécies se mudam rapidamente em resposta à mudança climática, outras são deixadas para trás. Um elemento-chave da dieta pode chegar muito tarde para ser consumido por um predador, ou se deslocar muito para o norte, de modo que o mesmo não possa alcançá-lo.

As lagartas da mariposa europeia de inverno se alimentam apenas de folhas tenras do carvalho. Mas os carvalhos e as mariposas usam sinais diferentes para lhes avisar da chegada da primavera. O aumento da temperatura faz os ovos das mariposas chocarem, mas os carvalhos contam os dias curtos e frios do inverno para saber quando suas folhas devem brotar.

A primavera está mais quente do que há 25 anos, porém o número de dias frios de inverno não mudou. Como resultado disso, as mariposas do inverno agora nascem três semanas antes das primeiras folhas de carvalho brotarem. Já que as lagartas só conseguem sobreviver de dois a três dias sem comida, existe agora um número muito menor delas. As que sobrevivem crescem mais rápido, porque existe menos competição pela comida, o que significa que os pássaros têm menos tempo para encontrá-las.

Nesse caso, parece provável que a seleção natural agirá sobre a mariposa, alterando a época de seu nascimento, mas isso só vai acontecer por meio da mortalidade em massa das lagartas que nascem mais cedo, e durante várias décadas, pelo menos, a espécie vai se tornar rara.

Os pássaros, aranhas e insetos que se alimentam das mariposas conseguirão sobreviver? Se não conseguirem, será outro exemplo de como a mudança climática altera o equilíbrio da delicada teia da vida em todo o planeta.

Nas últimas décadas, as salamandras têm entrado nos lagos europeus mais cedo que as rãs. Isso significa que os girinos das salamandras já estão bem desenvolvidos quando as rãs saem de seus ovos, permitindo que as salamandras comam uma grande quantidade de filhotes de rãs, o que está tendo impacto na população desses animais.

Alguns répteis enfrentam ameaças muito mais diretas do aquecimento global, pois a proporção entre os sexos é determinada pela temperatura na qual os ovos são incubados. Para a tartaruga-pintada, temperaturas mais altas significam que o número de machos será menor. Se as temperaturas no inverno subirem, mesmo ligeiramente acima dos altos níveis atuais, as criaturas podem acabar com uma população totalmente feminina.

Um impacto muito diferente da mudança climática foi detectado recentemente no lago Tanganica, na África, uma das mais antigas e mais profundas extensões de água doce do mundo. Localizado ao sul do equador, abriga um conjunto de espécies únicas. Como a maioria dos lagos, suas águas são estratificadas, com a camada mais quente no topo. Isso pode impedir a mistura das camadas superficiais, ricas em oxigênio, com as camadas ricas em nutrientes, abaixo. As plantas que ficam nas camadas iluminadas pelo Sol podem ficar sem nutrientes, e as que habitam as camadas mais profundas, sem oxigênio. No passado, a estratificação do lago era rompida anualmente pelas monções do sudeste, que agitavam as águas e estimulavam uma biodiversidade espetacular.

Desde meados da década de 1970, contudo, a mudança climática tem aquecido tanto as camadas superficiais que as monções não são mais fortes o bastante para misturá-las. Inevitavelmente, o plâncton, do qual a maior parte da vida no lago depende, declinou para menos de um terço de sua abundância 25 anos atrás.

O espetacular caramujo espinhudo, que só é encontrado neste lago, perdeu dois terços de seu hábitat; hoje ele é encontrado apenas em profundidades de 100 metros ou menos, enquanto há 25 anos ele se aventurava a três vezes mais fundo. Essas mudanças, alertam os cientistas, ameaçam provocar o colapso de todo o ecossistema do lago.

No mundo inteiro, a superfície dos lagos está esquentando, o que impede a mistura de suas águas e ameaça a base de sua produtividade.

Até mesmo as florestas mais remotas estão sendo afetadas pelo aquecimento global.

Em regiões da Amazônia muito distantes de qualquer influência humana direta, a proporção de árvores que formam o topo da floresta está mudando. Estimuladas pelo aumento nos níveis de CO_2, as espécies de crescimento rápido estão avançando, sufocando as de crescimento mais lento. Isso diminui a biodiversidade da floresta porque os pássaros e outros animais que dependem do alimento fornecido pelas espécies de crescimento lento desaparecem junto com seus recursos.

Uma das mais importantes divisões naturais em nosso planeta é a Linha de Wallace. A oeste fica a Ásia, com seus tigres e elefantes; a leste está uma região conhecida como Meganésia, que tem uma flora e uma fauna antigas, que inclui muitos marsupiais.

O mais rico hábitat em toda a Meganésia são as florestas de carvalhos das montanhas da Nova Guiné. Durante a temporada em que o carvalho dá frutos, o rico húmus no solo da floresta fica coberto de bolotas marrons, grandes e lustrosas. Se você recolher uma, provavelmente a encontrará mastigada, pois essas florestas são o lar de mais espécies de gambás e ratos gigantes que qualquer outro lugar da Terra, e eles adoram comer essas bolotas de carvalho.

Em 1985, quando vi pela primeira vez essas florestas magníficas — no vale do rio Nong, ao norte de Telefomin, — perto do centro da ilha, elas se estendiam diante de mim até o horizonte, um baluarte contínuo de vida selvagem. Eu fui o primeiro especialista em mamíferos a trabalhar naquela área, um raro privilégio. A área era o lar de muitas espécies incomuns, muitas exclusivas daquela região e totalmente desconhecidas pela ciência.

Uma dessas criaturas era um gambá acinzentado, do tamanho de um gato, com grandes olhos marrons, pequenas patas e uma cauda curta que o povo telefol (que às vezes caça no vale) chamava de *matanim*. Pelo que pude aprender nas conversas com os caçadores, ele tinha uma dieta singular na qual se destacavam as folhas de figueira, frutas e a madeira apodrecida de certas árvores.

O Nong não é o lugar mais fácil do mundo de se alcançar, assim, em 2001, quando surgiu uma oportunidade de voltar lá, eu a agarrei rapidamente. Não é difícil imaginar como eu estava empolgado, mas bem antes de o helicóptero pousar meu entusiasmo tinha esfriado. Todo o vale, assim como os picos ao redor, se transformara num vasto cemitério vegetal.

Mais tarde, meus amigos telefol me contaram que, no segundo semestre de 1997, praticamente não chovera, e o céu sem nuvens produzira terríveis geadas que mataram as árvores da floresta. No ano-novo, os restos da floresta tinham sido queimados e o solo estava coberto de folhas de árvores mortas. Então, o fogo se espalhou pelo vale e chegou até os picos adjacentes. Ardeu por meses, e mesmo um ano depois ainda ressurgia do musgo e da matéria vegetal morta enterrada profundamente no subsolo.

Esses acontecimentos devastaram a região, expulsando os animais selvagens de suas tocas. O número de mandíbulas de marsupiais guardadas como troféus pelos caçadores demonstravam que a catástrofe ambiental tinha tornado os últimos refúgios intocados acessíveis aos caçadores. Havia centenas de mandíbulas de criaturas grandes e raras, como os cangurus das árvores, gambás e ratos gigantes penduradas nas lareiras, provando que até mesmo caçadores medíocres tinham seu sucesso assegurado.

Em meio àqueles troféus estariam as mandíbulas do último *matanim* da Terra?

Serão necessários anos de pesquisa para confirmar a presença ou ausência de um animal tão raro e esquivo. Mas, pelo que vi durante a minha visita em 2001, acho que sua sobrevivência terá que ser considerada um milagre.

10

PERIGO NOS POLOS

Nos últimos dias de 2004, as cidades do mundo receberam notícias espantosas: a começar pela sua extremidade norte, a Antártida estava ficando verde.

O capim-cabelo da Antártida normalmente sobrevive na forma de moitas esparsas, escondidas atrás da face norte de alguma pedra ou outro ponto abrigado. No verão austral de 2004, contudo, grandes extensões verdes dessas plantas começaram a aparecer, formando prados extensos no que antes era o reino das tempestades de neve. É algo emblemático das transformações em curso nas extremidades polares da Terra. No entanto, as mudanças em terra tornam-se insignificantes quando comparadas às que ocorrem no mar, pois o mar de gelo está desaparecendo.

Os mares subantárticos estão entre os mais férteis da Terra, apesar da ausência quase total do nutriente ferro. A presença de gelo no mar de alguma forma compensa isso: a borda semicongelada entre a água salgada e o gelo flutuante promove um crescimento notável do plâncton microscópico, que é a base da cadeia alimentar.

Apesar dos meses de escuridão no inverno, o plâncton prospera sob o gelo, permitindo que o *krill* que se alimenta dele complete seu ciclo de vida de sete anos. E onde quer que exista *krill* em abundância é provável que haja pinguins, focas e grandes baleias.

Desde 1976, porém, o *krill* experimenta um rápido declínio; sua quantidade diminui na taxa de quase 40% por década. À medida que a quantidade de *krill* diminui, outra espécie vegetariana — as salpas, semelhantes a geleias — aumenta. Anteriormente as salpas estavam confinadas às águas mais ao norte. Elas não precisam de uma grande densidade de plâncton para se multiplicar; podem sobreviver dos escassos suprimentos das partes livres de gelo do oceano Austral. Mas as salpas são tão desprovidas de nutrientes que nenhum dos mamíferos marinhos ou pássaros da Antártida se alimenta delas.

A redução na quantidade de *krill* coincidiu com o aquecimento do oceano e com a redução do gelo no mar. Isso deixa pouca dúvida de que a mudança climática é uma ameaça profunda ao oceano mais fértil do mundo, assim como às maiores criaturas que vivem e se alimentam lá.

Imagine o que significaria para os animais do Serengeti, na África, se suas pradarias fossem reduzidas em 40% a cada década, desde 1976? Imagine o que significaria se o seu próprio espaço sofresse uma redução de 40% a cada década?

A população do pinguim imperador é hoje a metade do que era há trinta anos, enquanto o número de pinguins de Adelia caiu 70%.

As baleias-francas do sul só recentemente começaram a retornar às praias da Austrália e Nova Zelândia, mas não virão mais, pois elas precisam engordar com o *krill* do inverno para poderem viajar até suas áreas de reprodução em águas mais quentes. As baleias corcundas que atravessam os oceanos do mundo também não conseguirão mais encher seus amplos estômagos, e o mesmo acontecerá com as incontáveis focas e pinguins que nadam nos mares austrais.

No lugar deles teremos um descongelamento da criosfera (termo que os cientistas usam para descrever as áreas geladas da Terra) e um oceano repleto de salpas gelatinosas.

A Antártica é um continente congelado cercado por um oceano imensamente rico. O Ártico, por outro lado, é um oceano congelado quase inteiramente cercado por terra. É também o lar de 4 milhões de pessoas. A maioria dos habitantes do Ártico vive em sua periferia, e é lá, em locais como o sul do Alasca, que os invernos agora são de 2°C a 3°C mais quentes que há apenas trinta anos.

Entre os impactos mais visíveis da mudança climática em qualquer lugar da Terra está o provocado pelo besouro da casca do abeto. Nos últimos 15 anos, ele matou cerca de 40 milhões de árvores no sul do Alasca, mais que qualquer outro inseto na história registrada da América do Norte. Dois invernos rigorosos costumam ser suficientes para controlar a proliferação dos besouros, mas uma sucessão de invernos brandos nos últimos anos permitiu que eles proliferassem.

Os lemingues de colar estão absolutamente adaptados à vida na criosfera, pois sobrevivem até mesmo na hostil costa norte da Groenlândia. São os únicos roedores cujo pelo se torna branco no inverno, e cujas garras se transformam em pás de duas pontas usadas para cavar túneis na neve. Sua população é tão numerosa que podem migrar em massa em busca de alimento, embora não seja verdade que cometam suicídio se atirando dos penhascos.

Os cientistas preveem que, se a tendência de aquecimento global persistir, as florestas se expandirão para o norte, até as margens do mar Ártico, destruindo as vastas planícies e o subsolo congelado da tundra. Centenas de milhões de pássaros emigram para essas regiões para acasalar. Se as florestas avançarem para o norte, os grandes bandos devem perder mais de 50% de sua área de acasalamento só neste século.

Para o lemingue de colar, a tundra é inseparável da vida. Especialistas afirmam que a espécie estará extinta antes de 2100. Tudo o que restará então será a memória folclórica de um pequeno roedor suicida.

Mas a verdadeira tragédia é que os lemingues não vão pular. Vão ser empurrados.

O caribu (ou rena, como a espécie é conhecida na Eurásia) é vital para os inuítes, a população nativa do Ártico. O caribu de Peary é uma subespécie pequena e pálida encontrada apenas no oeste da Groenlândia e nas ilhas árticas do Canadá. Uma estação no Ártico com menos neve e mais chuva pode ser devastadora. As chuvas do outono agora cobrem de gelo os liquens que formam o suprimento de alimentos do animal no inverno, fazendo muitos morrerem de fome. Os números do caribu de Peary caíram de 26 mil em 1961 para mil em

1997. Em 1991, foi classificado como espécie ameaçada, o que significa que não pode ser caçado, e portanto se tornou irrelevante para a economia dos inuítes.

O povo saami da Finlândia notou um congelamento semelhante do suprimento alimentar de inverno do caribu. Conforme a mudança climática avança, ao que parece o Ártico deixa de ser um hábitat adequado para o caribu.

Podemos imaginar o polo Norte sem as renas?

Mas, se alguma coisa simboliza o Ártico, é certamente o *nanuk*, o grande urso-polar. Ele é viajante e caçador, e um adversário respeitável para o homem na brancura infinita de seu mundo polar. Cada centímetro do Ártico está ao seu alcance: ele já foi avistado 2 quilômetros acima na calota polar da Groenlândia e caminhando firmemente sobre o gelo a 150 quilômetros do polo verdadeiro. Para os ursos-polares, ter comida suficiente significa um bocado de gelo no mar. E o gelo marinho está desaparecendo a uma taxa de 8% por década.

É verdade que ursos-polares vão capturar lemingues ou comer pássaros mortos, se a oportunidade surgir, mas são o mar congelado e o *netsik* — a foca anelada que vive e se reproduz lá — que formam o núcleo da sua alimentação.

O *netsik* é o mamífero mais abundante do extremo norte e pelo menos 2,5 milhões deles nadam nos mares cheios de *icebergs*. No entanto, às vezes as condições climáticas são tais que eles simplesmente não conseguem se reproduzir. Em 1974 caiu tão pouca neve sobre o golfo de Amundsen que as focas não puderam construir seus ninhos cobertos de neve sobre a calota polar. E assim elas partiram, algumas viajando para lugares tão distantes como a Sibéria.

E os ursos-polares? Aqueles que tinham gordura suficiente seguiram as focas em suas longas jornadas, mas muitos não conseguiram e morreram de fome.

As focas-da-groenlândia vivem no golfo de São Lourenço. Essa população de focas é geneticamente distinta do restante da espécie. Como as focas-aneladas, elas não podem criar seus filhotes se houver pouco ou nenhum gelo no mar — o que aconteceu em 1967, 1981, 2000, 2001 e 2002. A sequência de anos sem filhotes que ocorreu no início deste século é preocupante. Se uma sequência de anos sem gelo exceder a vida fértil de uma foca-anelada fêmea — talvez uma dúzia de anos, na melhor das hipóteses —, a população do golfo de São Lourenço se extinguirá.

Os grandes ursos-brancos já estão lentamente morrendo de fome à medida que os invernos se tornam mais quentes. Um estudo em longo prazo de 1.200 indivíduos que vivem em torno da baía de Hudson revela que eles já estão em média 15% mais magros que há algumas décadas. A cada ano as fêmeas desnutridas dão à luz menos filhotes. Há algumas décadas os partos triplos eram comuns; agora não se ouve mais falar neles. Naquela época, metade dos filhotes estavam desmamados e se alimentando sozinhos aos 18 meses, enquanto hoje este número é de menos de um em vinte. Em certas áreas, o aumento da chuva no inverno pode fazer as tocas desabarem, matando a mãe e os filhotes que dormem lá dentro. E a quebra prematura do gelo no mar pode separar as áreas de reprodução das áreas de alimentação; como os filhotes não conseguem nadar grandes distâncias para encontrar comida, eles simplesmente morrem de fome. Na primavera de 2006, pela primeira vez os inuítes começaram a encontrar ursos-polares afogados: o gelo agora está muito longe da costa.

Ao criar um Ártico com uma calota polar cada vez menor, criamos uma monotonia de água aberta e terra seca. Sem gelo, sem neve e sem o *nanuk* o que significará ser um inuíte — o povo que deu nome ao grande urso-polar branco e que o compreende como nenhum outro? Quando está saudável e bem-alimentado, o *nanuk* arranca as camadas de gordura de uma foca, deixando o resto para um séquito de outros animais que incluem a raposa do Ártico, o corvo e as gaivotas.

Se o Ártico se encher de ursos-brancos famintos, o que acontecerá com essas criaturas menores? As gaivotas-marfim já declinaram em 90% no Canadá nos últimos vinte anos. Nesse ritmo, não verão o fim do século. O *nanuk* já está em vias de se juntar à lista de espécies ameaçadas.

Ao que tudo indica, a perda do *nanuk* pode marcar o início do colapso de todo o ecossistema do Ártico.

Se nada for feito para limitar as emissões de gases do efeito estufa, parece certo que por volta de 2050 chegará o dia em que não haverá gelo no verão do Ártico — apenas um mar vasto, escuro e turbulento. Mas antes do último gelo derreter, os ursos terão perdido os lugares onde fazem tocas, seus campos de alimentação e seus corredores de migração.

Talvez um bando de ursos mais velhos vá permanecer, ficando menor a cada ano. Ou talvez ocorra um verão terrível em que as focas não serão encontradas em parte alguma. Alguns ursos poderão sobreviver por algum tempo com uma dieta de lemingues, carniça e focas apanhadas no mar, mas ficarão tão magros que não acordarão mais da hibernação invernal. As mudanças são tão rápidas que é provável que por volta de 2030 restem poucos ou nenhum urso-polar em ambientes selvagens.

As mudanças que estamos testemunhando nos polos são de um tipo descontrolado. A menos que façamos algo rapidamente, o reino do urso-polar, do narval e da morsa será substituído pelos oceanos frios e sem gelo do norte e pelas grandes florestas temperadas de taiga (o maior hábitat da Terra, que se estende pelo Canadá, pela Europa e pela Ásia).

Talvez você pense que o avanço das florestas, ao tirar CO_2 da atmosfera à medida que crescem, poderá ajudar a reduzir a mudança climática. Mas os cientistas estimam que quaisquer ganhos desse tipo serão anulados pela perda do albedo. Uma floresta verde-escura absorve muito mais luz solar que uma tundra coberta de neve. O impacto geral do florestamento das regiões do norte do mundo será o aquecimento ainda mais rápido do nosso planeta.

Uma vez que isso aconteça, não importa o que a humanidade faça com as emissões de gases do efeito estufa, será tarde demais para reverter o quadro. Depois de existir por milhões de anos, a criosfera polar norte terá desaparecido para sempre.

11

2050: O GRANDE RECIFE ATROFIADO?

De todos os ecossistemas do oceano, nenhum é mais diversificado ou tem maior beleza de cores e formas do que um recife de coral. E nenhum, dizem os especialistas em clima e biólogos marinhos, está mais ameaçado pela mudança climática.

Será que os recifes de coral do mundo realmente estão à beira do colapso?

Essa é uma questão de considerável interesse para a humanidade, pois os recifes de coral são responsáveis por 30 bilhões de dólares por ano em renda, a maior parte para pessoas de poucos recursos.

A perda financeira, contudo, pode se mostrar pouco importante. As populações de cinco países vivem inteiramente em atóis de coral, e as orlas de recifes são tudo que existe entre uma invasão do mar e outras dezenas de milhões de pessoas. Destruir essa orla de recifes para muitas nações do Pacífico é o equivalente a demolir os diques da Holanda.

Um em cada quatro habitantes do oceano passa pelo menos parte de seu ciclo de vida nos recifes de coral. Essa biodiversidade é possível graças à complexa arquitetura dos corais, que fornece muitos lugares de esconderijo, e à falta de nutrientes nas águas tropicais claras.

Baixos níveis de nutrientes podem promover grande diversidade. O melhor exemplo disso são as planícies arenosas inférteis na Província do Cabo, na África do Sul, onde 8 mil espécies de arbustos que dão flores coexistem numa mistura tão diversa quanto a da maioria das florestas tropicais.

Os recifes de coral são o equivalente marinho da flora da planície arenosa da África do Sul. Os nutrientes e as perturbações que quebram a estrutura dos recifes de coral são seus arqui-inimigos. Então apenas algumas espécies semelhantes a ervas daninhas — a maioria algas marinhas — poderão proliferar.

Quando Alfred Russel Wallace velejou em Ambon Harbour, no que é hoje a Indonésia ocidental, em 1857, ele viu:

uma das cenas mais espantosas e belas que já testemunhei. O fundo ficava absolutamente escondido por uma série contínua de corais, esponjas, actínias, e outras criações marinhas, de dimensões magníficas, formas variadas e cores brilhantes. A profundidade variava de 20 a 50 pés, e o fundo era muito irregular com rochas e fossos, pequenas colinas e vales, oferecendo uma variedade de locais para o crescimento dessas florestas de animais. Entre elas se moviam vários peixes azuis, vermelhos e amarelos, pintados, listrados dos modos mais incríveis, com grandes medusas transparentes laranja ou rosa flutuando próximo da superfície. Era uma paisagem para se contemplar por horas, e nenhuma descrição pode fazer justiça a sua extrema beleza e interesse.

Na década de 1990, costumava navegar até o Ambon Harbour, e não vi jardins de corais, medusas ou peixes, muito menos o fundo. Em vez disso, a água turva e malcheirosa estava tomada de lixo e esgotos. À medida que me aproximava da cidade, a situação só piorava, a ponto de avistar excrementos, sacolas de plástico e intestinos de cabritos mortos.

Ambon Harbour é apenas um entre incontáveis exemplos de recifes de coral que foram devastados ao longo do século XX. Hoje, a prática da pesca maciça — com explosivos e venenos inclusive — ameaça a sobrevivência dos recifes. Perturbar a biodiversidade dos recifes também pode levar a surtos de espécies daninhas, como a estrela-do-mar coroa-de-espinhos. Outro problema é o escoamento de nutrientes da agricultura baseada em terra e a poluição das cidades, que têm contribuído para degradar até mesmo locais protegidos como a Grande Barreira de Corais da Austrália.

Durante o El Niño de 1997-1998, quando as florestas da Indonésia queimaram como nunca antes, o ar ficou espesso com um nevoeiro rico em ferro durante meses. Antes daqueles incêndios, os recifes de coral do sudoeste de Sumatra estavam entre os mais ricos do mundo, exibindo mais de cem espécies de corais duros, incluindo maciços indivíduos com mais de um século de idade. Então, no final de 1997, uma "maré vermelha" apareceu na costa de Sumatra. A cor era o resultado do crescimento de minúsculos organismos que se alimentavam do ferro no nevoeiro. As toxinas que eles produziram provocaram tantos danos que o recife levará décadas para se recuperar, se é que algum dia conseguirá.

O nevoeiro gerado sobre a Ásia durante o El Niño de 2002 foi ainda maior — era do tamanho dos Estados Unidos. Nessa escala, o nevoeiro pode reduzir a luz solar em 10% e aquecer a parte mais baixa da atmosfera e o oceano. Uma profusão de algas está devastando as costas da Indonésia e da Coreia do Sul, causando prejuízos de milhões de dólares à aquicultura e aos corais. A recuperação dos recifes de coral do leste da Ásia parece cada vez mais improvável.

Temperaturas mais altas levam ao branqueamento dos corais. Para entender esse fenômeno, precisamos examinar um recife afastado da interferência humana, onde apenas a água mais quente está provocando mudanças. O recife Myrmidon fica bem longe da costa de Queensland, e as únicas pessoas que vão até lá são os cientistas que o inspecionam a cada três anos. Quando estiveram lá em 2004, o lugar parecia "ter sido bombardeado". Isso era o resultado da crista do recife ter sido severamente descorada, o que deixou uma floresta de coral branco morto. Só nos declives mais profundos ainda havia vida.

O branqueamento dos corais acontece sempre que a temperatura do mar excede certo limite. Onde a água morna se acumula, o coral adquire uma cor branca mortal. Se o calor for temporário, o coral pode se recuperar lentamente, mas se persistir, o coral morre. Quase não se ouvia falar em branqueamento de corais antes de 1930, e permaneceu um fenômeno em pequena escala até os anos 1970. Foi o El Niño de 1998 que iniciou o processo de mortandade global.

A Grande Barreira de Corais é o recife mais vulnerável à mudança climática do mundo. Ao todo, 42% da Grande Barreira embranqueceram em 1998; 18% sofreram danos permanentes.

Em 2002, com a renovação das condições do El Niño, uma massa de água morna com meio milhão de quilômetros quadrados desenvolveu-se sobre a Grande Barreira de Corais. Isso provocou outro grande branqueamento, que, em alguns recifes próximos da costa, matou 90% deles e afetou 60% do complexo da Grande Barreira. Nos poucos trechos de água fria que restaram, o coral não foi danificado.

E 2006 parecia que ia ser outro ano terrível para o recife, mas o ciclone Larry apareceu. Ele tirou calor suficiente do oceano para retardar o branqueamento, usando a energia proveniente do calor para alimentar ventos devastadores, que danificaram ou destruíram 50 mil casas em Queensland. Foi um preço muito alto para pagar pela proteção do recife por pelo menos mais um ano.

Um painel formado por 17 dos maiores pesquisadores de recifes de coral do mundo advertiu que, até 2030, danos catastróficos terão sido causados aos recifes do mundo, e em 2050 mesmo os recifes mais protegidos mostrarão evidentes sinais de danos. De acordo com cientistas que estudam os recifes, o aumento de 1°C na temperatura global fará com que 82% da Grande Barreira de Coral embranqueça e morra;

um aumento de 2°C e a porcentagem subirá para 97%; acima de 3°C, haverá "devastação total".

Como os oceanos levam em torno de três décadas para alcançar o calor acumulado na atmosfera, pode ser que quatro quintos da Grande Barreira sejam uma vasta zona de mortos-vivos — esperando apenas que o tempo e a água morna os alcancem.

Extinções causadas pela mudança climática quase certamente já estão acontecendo nos recifes do mundo, e uma minúscula espécie de peixe que habita os recifes, conhecida como *Gobiodon*, espécie C, pode ser um exemplo. A maioria dos hábitats dessa minúscula criatura foi destruída pelo branqueamento do coral durante o El Niño de 1997-1998 e agora só pode ser encontrado em um trecho de corais de uma laguna de Papua-Nova Guiné.

"Espécie C" indica que ela ainda não foi formalmente batizada, e sua extinção poderá ocorrer antes disso. Não é um exagero dizer que precisamos multiplicar a perda desse pequeno peixe mil vezes para termos uma ideia da infinidade de extinções que estão ocorrendo agora.

Uma pesquisa feita em 2003 revelou que a cobertura viva de corais tinha diminuído para menos de 10% em metade da área da Grande Barreira de Corais. Danos significativos já eram evidentes mesmo nas partes mais saudáveis. A indignação pública tornou uma ação política inevitável, e o governo australiano anunciou que 30% do recife seria protegido. Isso significou que a pesca comercial seria proibida e outras atividades humanas severamente restritas na nova zona protegida.

Mas não é a pesca nem o turismo que está destruindo a Grande Barreira de Corais. É o aumento das emissões de CO_2. E os australianos produzem mais CO_2 por pessoa do que a população de qualquer outro país.

Se quisermos ter uma chance de salvar essas maravilhas do mundo natural, precisamos reduzir as emissões de gases do efeito estufa agora.

12

O ALERTA DA RÃ DOURADA

Até este ponto da história, não se sabe de nenhuma espécie que tenha se extinguido em definitivo devido à mudança climática. Nas regiões onde é provável que isso tenha acontecido, como nas florestas da Nova Guiné ou nos recifes de coral, não havia um biólogo presente para documentar o acontecimento. Em contraste, há muitos pesquisadores na Reserva da Floresta Úmida de Monteverde, na Costa Rica, onde está situado o Laboratório para Conservação da Rã Dourada.

Logo depois de nosso frágil planeta passar pelo portal mágico do clima de 1976, eventos abruptos e estranhos foram observados pelos ecologistas que passam a vida conduzindo pesquisas de campo nessas florestas intocadas.

Durante a estação seca do inverno de 1987, as rãs que vivem nas florestas cheias de musgo que cobrem as encostas das montanhas, 1,5 quilômetro acima do mar, começaram a desaparecer. Trinta das cinquenta espécies de rãs que habitavam os 30 quilômetros quadrados da área de pesquisa desapareceram. Entre elas estava uma espetacular rã dourada que vivia apenas nas regiões superiores das montanhas. Em certas épocas do ano, os machos lustrosos reuniam-se em volta de poças no solo da floresta para acasalar.

A rã dourada foi descoberta e batizada em 1966, embora os indianos a conhecessem havia muito tempo. Eles têm mitos sobre uma misteriosa rã dourada muito difícil de encontrar, mas quem procura nas montanhas tempo suficiente para encontrá-la obtém grande felicidade. Uma das histórias é sobre um homem que encontrou a rã mas decidiu deixá-la ir porque a felicidade era dolorosa demais para ele. Outro libertou o animal, porque não soube reconhecer a felicidade quando a encontrou.

Só os machos são dourados; as fêmeas são cheias de pintas pretas, amarelas e escarlate. Durante a maior parte do ano, é uma criatura reservada, que passa grande parte do tempo embaixo da terra, em tocas em meio às massas de raízes e musgo da floresta úmida. Então, quando a estação seca dá lugar à úmida, em abril e maio, ela aparece em massa acima do solo durante apenas alguns dias e semanas. Com um período tão curto para a reprodução, os machos disputam entre si os melhores locais e aproveitam cada oportunidade para acasalar — mesmo que seja com a bota de um pesquisador de campo.

Em seu livro *In Search of the Golden Frog*, a especialista em anfíbios Marty Crump conta como era ver a criatura em seu frenesi de acasalamento.

Caminhei colina acima através da floresta úmida, e então pela mata emaranhada [...] e na curva seguinte deparei com uma das cenas mais incríveis que já vi. Lá, reunidas em torno de várias poças na base das árvores anãs, havia mais de cem rãs douradas, imóveis como estátuas, joias ofuscantes destacando-se na lama marrom-escura.

No dia 15 de abril de 1987, Crump fez uma anotação no seu diário de campo que teria um significado histórico:

Vemos uma grande bolha laranja com pernas se agitando em todas as direções: uma massa de carne de rã estremecendo. Uma observação mais de perto revela três machos, cada um lutando para ter acesso à fêmea no meio. Quarenta e duas manchas de um laranja brilhante, posicionadas em torno da poça, são machos que ainda não acasalaram, alertas a cada movimento e prontos para saltar. Outros 57 machos solitários estão espalhados por perto. No total, encontramos 133 rãs nas vizinhanças dessa poça do tamanho de uma pia de cozinha.

Em 20 de abril:

O acasalamento parece terminado. Encontrei a última fêmea há quatro dias, e gradualmente os machos retornaram aos seus refúgios no subsolo. A cada dia o solo está mais seco e as poças contêm menos água. As observações de hoje foram desanimadoras. A maioria das poças secou completamente, deixando para trás ovos ressecados já cobertos de mofo. Infelizmente, as condições de clima seco do El Niño ainda afetam esta parte da Costa Rica.

Como se soubessem do destino de seus ovos, as rãs tentaram acasalar de novo em maio. Até onde se sabe, esta foi a última grande orgia das rãs. Apesar de 43.500 ovos terem sido depositados nas dez poças que Crump estudou, só 29 girinos sobreviveram por mais de uma semana, pois novamente as poças secaram muito rápido.

No ano seguinte, Crumpy voltou a Monteverde para a temporada de acasalamento, mas dessa vez as coisas foram bem diferentes. Depois de uma longa busca, em 21 de maio ela localizou um único macho. Em junho, e ainda procurando, Crump estava preocupada:

> A floresta parece estéril e deprimente sem aquelas brilhantes manchas laranja que me acostumei a associar a esse clima úmido. Não entendo o que está acontecendo. Por que não encontramos alguns machos checando, esperançosos, as poças?

Um ano se passaria antes que, em 15 de maio de 1989, um macho solitário fosse novamente avistado. Ele estava parado a apenas 3 metros de onde Crump avistara um macho 12 meses antes, e era quase certo que se tratava do mesmo.

Pelo segundo ano, o macho mantinha uma vigília solitária, esperando pela chegada de seus companheiros. Foi, até onde sabemos, o último de sua espécie. Desde então a rã dourada nunca mais foi vista.

Outras espécies de Monteverde também foram afetadas. Duas espécies de lagarto desapareceram completamente. Atualmente, as florestas úmidas de montanha continuam a perder suas joias — muitos répteis, rãs e outros animais se tornam mais raros a cada ano. Embora ainda seja verdejante o suficiente para justificar seu nome, a Reserva Florestal de Monteverde está começando a parecer uma coroa que perdeu suas pedras preciosas mais brilhantes.

Os pesquisadores começaram a estudar os registros das chuvas e das temperaturas. Finalmente, em 1999 eles anunciaram que tinham resolvido o mistério do desaparecimento da rã dourada.

Desde que a Terra cruzou o primeiro portal climático mágico em 1976, o número de dias sem nevoeiro cresceu em cada estação seca, até se transformar em sequências de dias sem nevoeiro. Na estação seca de 1987, o número de dias consecutivos sem nevoeiro tinha ultrapassado um patamar crítico. O nevoeiro, como podemos ver, traz com ele uma umidade vital. Sua ausência provocou mudanças catastróficas.

Por que, quiseram saber os pesquisadores, a névoa tinha desaparecido de Monteverde? A partir de 1976, o fundo da massa de nuvens subiu até ficar acima do nível da floresta. A mudança foi provocada pelo aumento abrupto das temperaturas da superfície do oceano no centro oeste do Pacífico. O oceano mais quente aqueceu o ar, elevando o ponto de condensação da umidade. Em 1987, a linha de nuvens em ascensão estava em muitos dias, acima da floresta úmida, produzindo sombra, não nevoeiro. A rã dourada tem pele porosa e gosta de andar durante o dia. Isso a deixou extremamente vulnerável ao novo clima mais seco.

É sempre devastador testemunhar a extinção de uma espécie. Vê-se o desmantelamento de ecossistemas e uma perda genética irreparável. Essas espécies demoram milhares de anos para evoluir.

A rã dourada foi a primeira vítima do aquecimento global documentada. Nós a matamos com o uso desregrado da energia produzida por carvão e nossos carros grandes demais, de modo tão certeiro quanto se tivéssemos derrubado suas florestas com tratores.

Desde 1976 muitos pesquisadores observaram espécies de anfíbios desaparecerem diante de seus olhos sem conseguir determinar as causas. Novos estudos indicam que a mudança climática foi responsável por esses desaparecimentos também.

No final da década de 1970, um animal conhecido como rã da cria gástrica desapareceu das florestas úmidas do sudeste de Queensland. Quando foi descoberta, em 1973, essa rã marrom, de tamanho médio, assombrou um pesquisador que olhou para dentro da boca aberta de uma fêmea da espécie — e viu uma rã em miniatura sentada em sua língua! E não apenas a rã, mas cientistas do mundo inteiro ficaram de boca aberta como ela.

A espécie não é canibal, apenas tem hábitos de procriação bem estranhos. A fêmea engole seus ovos fertilizados, e os girinos se desenvolvem em seu estômago até se transformarem em rãs, que ela então regurgita para o mundo.

Quando esse novo método de reprodução foi anunciado, alguns médicos pesquisadores ficaram, compreensivelmente, muito empolgados. Como a rã transformava seu estômago de um aparelho digestivo cheio de ácido numa chocadeira? A resposta poderia ajudar os médicos a tratar uma série de doenças estomacais. Mas eles não conseguiram fazer muitas experiências, porque em 1979 — seis anos depois de sua existência ser anunciada ao mundo — a rã da cria gástrica desapareceu, e com ela se foi outro habitante dos mesmos riachos, a rã diurna. Nenhum dos dois foi visto desde então.

No início da década de 1990, as rãs começaram a desaparecer em massa das florestas úmidas do norte de Queensland. Hoje, cerca de 16 espécies de rãs (13% do total da fauna de anfíbios da Austrália) experimentaram declínios em suas populações. A drástica diminuição das chuvas, no leste da Austrália nas últimas décadas, não pode ter sido boa para as rãs. Pelo menos no caso da rã diurna e da rã da cria gástrica, a mudança climática é a causa mais provável do seu desaparecimento.

Atualmente, quase um terço das 6 mil espécies de anfíbios do mundo estava ameaçado de extinção. Alguns cientistas acreditam que lagoas de procriação cada vez menos profundas — devido a condições provocadas pelo El Niño — podem ser a causa desse problema. Doenças fúngicas também estão contribuindo para as extinções, e as mudanças climáticas alteram as condições de tal maneira que os fungos estão proliferando.

As mudanças climáticas parecem ser a causa por trás dessa onda de extinção de anfíbios.

13

CHUVA

Dos polos ao equador, a Terra exibe uma variação de temperaturas que vai de 40°C abaixo de zero a 40°C acima. O ar a 40°C pode conter 470 vezes mais vapor de água do que o ar a −40°C. Este é o fato que condena os nossos polos a serem grandes desertos gelados. E o que determina que, para cada grau de aquecimento que criamos, nosso mundo experimentará uma média de 1% de aumento das chuvas.

Essa chuva extra não é distribuída uniformemente. Em vez disso, a chuva aparece em épocas fora do comum em certos lugares, e desaparece em outros.

Em grande parte do mundo as chuvas estão aumentando. Porém mais chuva não é necessariamente uma coisa boa. À medida que o nosso planeta esquenta, mais chuva cai em latitudes elevadas no inverno, transformando a neve em um mingau de gelo, o que pode ser muito ruim para os habitantes do Ártico. Mais ao sul, o aumento das chuvas no inverno também está trazendo mudanças desagradáveis: em 2003 provocou uma temporada mortífera de avalanches no Canadá, enquanto a primavera britânica de 2004 foi tão úmida que em muitas regiões a produção de feno foi difícil ou impossível.

A mudança climática vai levar algumas regiões a um déficit perpétuo de chuvas.

Algumas dessas regiões podem vir a se tornar novos Saaras, ou pelo menos regiões impróprias para a habitação humana. A falta de chuva é frequentemente chamada de "seca" e, no entanto, as secas não duram para sempre. Nas áreas que vamos explorar aqui, não há perspectiva de retorno das chuvas. Na verdade, o que aconteceu foi uma rápida mudança para um novo clima, mais seco.

O primeiro indício desse tipo de mudança surgiu na região africana do Sahel, durante a década de 1960. A área afetada foi enorme — uma imensa faixa da África subsaariana que se estendia do oceano Atlântico até o Sudão. Ela engloba vários países, incluindo Senegal, Nigéria, Etiópia, Eritreia e Somália. Quatro décadas já se passaram desde o súbito declínio das chuvas e não há sinal de que as chuvas vitais das monções irão retornar.

Mesmo antes do declínio, o Sahel era uma região de pouca chuva onde a vida era difícil. Nas áreas com solos melhores e mais chuva, fazendeiros viviam da produção de seus campos. Nas regiões mais áridas, os criadores de camelos seguiam sua vida seminômade em busca de alimento para seus animais.

A redução nos níveis de chuva tornou a vida difícil para os dois grupos: os criadores lutam para encontrar capim no que é agora um verdadeiro deserto, enquanto os fazendeiros raramente conseguem chuva suficiente para fazer seus campos voltarem a produzir. A mídia mundial periodicamente mostra imagens do resultado — camelos morrendo de fome e famílias desesperadas tentando sobreviver em uma vastidão empoeirada.

Lembro-me de ver essas imagens na televisão quando era criança, e de ouvir falar em como o uso excessivo dos pastos e o crescimento da população tinham causado toda aquela desgraça. Durante décadas, o Ocidente encontrou conforto se convencendo de que o desastre fora provocado pelo próprio povo africano. O argumento era que os camelos, o gado e as cabras, assim como as pessoas que recolhiam madeira para o fogo, tinham destruído a rala cobertura vegetal, expondo o solo escuro e mudando o albedo da região. Conforme essa "seca" provocada pelo homem se prolongava, o solo era varrido pelos ventos. Essa é a interpretação de muitos ambientalistas e voluntários que trabalham em causas humanitárias, mas está errada em quase todos os aspectos.

A verdadeira causa do desastre do Sahel foi revelada quando climatologistas norte-americanos publicaram um apurado estudo que usou modelos de computador para simular os regimes de chuva naquela região entre 1930 e 2000.

O modelo revelou que a extensão da degradação da terra provocada pelo homem era muito pequena para ativar uma mudança climática tão drástica. Na verdade, uma única variável foi responsável pela maior parte do declínio das chuvas: o aumento da temperatura superficial do oceano Índico, causado pelo aumento dos gases do efeito estufa.

O oceano Índico é o que mais rapidamente se aquece na Terra. Conforme ele esquenta, as condições que geram as monções sahelianas enfraquecem. Foi por isso que o Sahel sofreu um declínio tão grande nas chuvas.

Há cada vez mais evidências de que a mudança climática saheliana vai afetar o clima de todo o planeta. Cerca de metade da poeira global no ar atualmente origina-se na África árida, e o impacto da seca é tão grande que a quantidade de poeira atmosférica do planeta aumentou 30%. A poeira é muito importante, porque suas minúsculas partículas podem se espalhar e absorver a luz, abaixando assim a temperatura. Essas partículas também carregam nutrientes para os oceanos e para terras distantes, favorecendo o crescimento das plantas e do plâncton, o que aumenta a absorção do CO_2. O impacto preciso dessa poeira adicional no clima do planeta é incerto, mas provavelmente será significativo.

Os cidadãos do mundo industrializado tendem a achar que sua tecnologia os protegerá de desastres na escala saheliana, mas a natureza tem se ocupado em mostrar que eles estão enganados.

A Austrália é um país seco, e os australianos são obcecados com a chuva. A extremidade sudoeste da Austrália ocidental já teve um regime de chuva confiável. Tradicionalmente, a chuva caía durante o inverno, com um acúmulo anual de 100 centímetros em alguns locais. Isso tornou a região famosa por sua produção agrícola. O cinturão do trigo ocidental era um dos maiores e mais confiáveis centros produtores de grãos de todo o continente. Mais recentemente, vinhedos se espalharam pelas áreas de maior umidade, produzindo alguns dos melhores vinhos do hemisfério Sul.

Antes do povoamento europeu, a maior parte do sudoeste era coberta por uma vegetação dura e espinhosa, semelhante à urze, conhecida como *kwongan*. Depois das chuvas de inverno ela se transformava num vasto jardim natural de flores silvestres. Somente nas florestas tropicais e em uma região semelhante da África do Sul existem mais espécies reunidas num único hectare.

Durante os primeiros 14 anos de habitação europeia do sudoeste (1829-1975), as chuvas certas do inverno trouxeram prosperidade e oportunidade. As áreas de *Kwongan* foram transformadas em campos de cultivo. Mas as coisas mudaram e desde 1976 a região tem sofrido um decréscimo das chuvas que chega a 15%. Os modelos climáticos indicam que cerca de metade do declínio resulta do aquecimento global, que empurrou a zona de clima temperado para o sul.

Pesquisadores acreditam que a outra metade resulta da destruição da camada de ozônio, que esfriou a estratosfera sobre a Antártida. Isso acelerou a circulação do ar frio em torno do polo e arrastou a zona de chuvas austral ainda mais para o sul.

A diminuição das chuvas foi sentida imediatamente nas fazendas, sobretudo na periferia da região, onde uma variação de algumas dezenas de milímetros faz a diferença entre uma boa colheita e um fracasso. Nessas áreas, o trigo é o principal produto e é cultivado de maneira pouco comum. Na década de 1960, o objetivo dos fazendeiros era limpar 1 milhão de acres de arbustos por ano. Quando os tratores terminaram o seu trabalho, os fazendeiros se viram diante de extensões estéreis de areia — um dos solos mais inférteis da Terra —, pois lá, como nas florestas tropicais, a riqueza natural da região estava ligada à vegetação.

Mas era isso que os fazendeiros queriam. O cultivo de trigo no sudoeste era uma versão gigante de cultura hidropônica: os fazendeiros plantavam o seu trigo, pulverizavam a areia estéril com nutrientes, e então esperavam que as chuvas de inverno, que com certeza viriam, acrescentassem água.

Em 2004, depois de décadas em que a natureza se recusou "a acrescentar água", a região de cultivo de trigo começou a encolher para oeste, substituindo a produção de leite em terras antes consideradas muito úmidas para o cultivo. Conforme as condições se agravarem no próximo século, o oceano Índico vai se tornar a derradeira barreira nesse processo: uma a uma, as atividades dependentes da chuva enfrentarão a perspectiva de serem empurradas em direção ao mar.

Essa redução de 15% das chuvas esconde uma catástrofe ainda maior: na verdade, as chuvas de inverno diminuíram mais do que isso, enquanto as de verão (que são bem mais incertas) aumentaram. Como as chuvas de verão não são confiáveis, os fazendeiros não plantam nessa época, então a chuva cai sobre campos vazios, permitindo que a água penetre até os lençóis freáticos. Lá ela encontra o sal que os constantes ventos do Ocidente têm soprado do oceano Índico durante milhões de anos.

Sob cada metro quadrado dessa terra encontra-se uma média de 70 a 120 quilos de sal. Antes que a área fosse limpa isso não importava, pois a diversificada vegetação nativa usava cada gota de água que caía do céu, e o sal permanecia em sua forma cristalina.

À medida que as chuvas de verão começaram a cair sobre os campos de trigo vazios, entretanto, uma água muito mais salgada que a do mar começou a brotar, matando tudo o que tocava. O primeiro sinal do problema foi um gosto salgado nos riachos anteriormente doces da região. Em muitos casos eles rapidamente se tornaram salobros, a vegetação nas margens morreu, e em uma ou duas décadas tinham se tornado escoadouros de água salgada.

Hoje, fazendeiros empobrecidos ou falidos do oeste da Austrália enfrentam o pior caso de salinidade em terras secas do mundo. Nem a ciência nem o governo conseguiram encontrar uma solução, e os prejuízos chegam a bilhões.

O próprio governo admite que a área de terras afetadas pelo sal no oeste da Austrália está aumentando à velocidade de um campo de futebol por hora. Estradas, casas, ferrovia e aeroportos agora estão sendo atacados pelo sal. A menos que a vegetação original seja replantada e induzida a crescer nas condições mais secas e salinizadas de hoje, parece não haver esperança de recuperação.

Perth, a capital do oeste da Austrália, é uma cidade sedenta de 1,5 milhão de habitantes, e a metrópole mais isolada do mundo. Lá um motorista de táxi provavelmente é um fazendeiro de trigo falido, tentando ganhar a vida enquanto não consegue vender sua fazenda agora inútil. O declínio das chuvas de inverno também significa menos água nos reservatórios da cidade. Desde 1975, a chuva passou a cair em pequenas pancadas, que umedecem o solo mas não chegam às represas.

Durante a maior parte do século XX, uma média de 338 gigalitros de água por ano fluiu para as represas que abastecem a população. (Um gigalitro equivale a 1 bilhão de litros, ou 500 piscinas olímpicas.) Mas entre 1975 e 1996 a média foi de apenas 177 gigalitros — o que representa um corte de 50% no suprimento de água da cidade. Entre 1997 e 2004, a quantidade diminuiu para apenas 120 gigalitros — pouco mais de um terço de fluxo que era recebido três décadas antes.

Um severo racionamento de água foi implantado em 1976, mas a situação foi logo contornada recorrendo-se a uma reserva de água no subsolo conhecida como Barreira Gnangara. Durante um quarto de século a cidade extraiu essa água subterrânea, mas a redução das chuvas significou que as reservas não estavam sendo recarregadas. Em 2001 os reservatórios de Perth praticamente não receberam água, e em 2004 a situação da Barreira Gnangara era crítica. O Departamento de Proteção Ambiental do estado advertiu que a extração de mais água deixaria algumas espécies ameaçadas de extinção. Atualmente a tartaruga-dos-pântanos ocidentais, um fóssil vivo, só sobrevive porque a água é bombeada para seu hábitat.

No início de 2005, quase trinta anos depois do início da crise, os especialistas em água de Perth previram que a possibilidade de uma "falha catastrófica no suprimento" — o que significa torneiras secas — era de uma em cinco. Nesse caso, a cidade não teria outra escolha a não ser espremer toda água que pudesse de Gnangara, destruindo parte da antiga e maravilhosa biodiversidade, *ainda assim* a solução seria apenas temporária.

Planos foram apresentados para uma usina de dessalinização ao custo de 350 milhões de dólares, o que a tornaria uma das maiores do hemisfério Sul. A usina vai retirar água do oceano e remover o sal. Esse processo demanda tanta energia que a água resultante dele por vezes é chamada de eletricidade líquida, então é bom que a usina vá utilizar energia eólica. Entretanto, ela vai fornecer apenas 15% da água da cidade.

A costa leste da Austrália não desconhece a seca, mas a temporada que começou em 1998 é diferente de tudo o que aconteceu anteriormente. Até agora, consistiu em sete anos de chuvas abaixo da média. Trata-se de uma "seca quente", com temperaturas em torno de 1,7 grau mais quentes que nas secas anteriores, o que a torna excepcionalmente hostil. Acredita-se que a causa do declínio das chuvas na costa leste da Austrália seja um golpe duplo da mudança climática — a perda das chuvas de inverno e o prolongamento das condições de seca do El Niño.

Cidades como Sidney não têm reservas de água no subsolo como as de Perth. O único recurso contra o déficit de chuva são os reservatórios, o que significa que um declínio no fluxo dos riachos vai se transformar imediatamente em racionamento de água. O reservatório de água de Sidney é um dos maiores do mundo, capaz de armazenar quatro vezes mais por pessoa do que o reservatório de Nova York, e nove vezes o de Londres.

No entanto, mesmo essa enorme capacidade se revelou insuficiente. Entre 1990 e 1996, o fluxo total para todas as 11 represas de Sidney chegou a uma média de 72 gigalitros por mês. Mas em 2003, esse valor tinha caído para apenas 40 gigalitros, uma queda de 44%. A situação permanece crítica. Os 4 milhões de moradores da cidade contam com apenas dois anos de suprimento de água nas reservas.

Quase todas as cidades da Austrália estão enfrentando algum tipo de crise no abastecimento de água.

Ao longo do oceano Pacífico, regiões do oeste americano estão em seu sexto ano de seca. Condições tão áridas não eram vistas nessa região há praticamente 700 anos, quando o sudoeste americano era ainda mais quente do que é hoje. Isso sugere uma relação direta entre a seca e os climas quentes. Assim como no Sahel, a ligação parece estar no aumento de temperatura do oceano.

As condições de seca no oeste americano são frequentemente apresentadas pela mídia como parte de um ciclo natural. Mas as mudanças são compatíveis com os resultados esperados do aquecimento global e com as condições observadas durante épocas quentes do passado. As mudanças climáticas têm potencial para provocar secas em quase todo o planeta.

Grande parte da água do sudoeste americano chega na forma da neve do inverno que se acumula nas altas montanhas. Como se derrete na primavera e no verão, ela alimenta os cursos de água quando os fazendeiros mais precisam. Os picos nevados têm proporcionado uma forma gratuita de armazenamento de água que minimiza a necessidade de represas. A quantidade de neve que cai varia consideravelmente de ano para ano, mas nos últimos cinquenta anos houve um declínio na quantidade média de neve.

Se essa tendência continuar por mais cinco décadas, a cobertura de neve nas montanhas do oeste pode ser reduzida em até 60% em algumas regiões, o que cortaria pela metade o volume de água nos rios durante o verão. Isso prejudicaria não apenas os suprimentos de água, mas as hidrelétricas e os hábitats dos peixes.

Nos últimos cinquenta anos, a região sudoeste se aqueceu 0,8°C — ligeiramente acima da média global. Isso reduziu as reservas de neve, porque as altas temperaturas as estão derretendo antes que possam consolidar-se. Em resumo, a neve está derretendo mais cedo, o que significa que o pico do volume de água nos rios agora acontece três semanas mais cedo do que em 1948.

Assim, resta menos água para o auge do verão, quando ela é mais necessária, porém aumenta o fluxo de água no inverno e na primavera, o que pode provocar mais enchentes. A previsão é de que as temperaturas na região subam entre 2°C e 7°C durante este século. Se não fizermos nada, mais água vai fluir no inverno, quando ela é menos necessária.

"E daí?", muitas pessoas podem dizer. "É só construirmos mais represas."

É possível que, à medida que a crise se agravar, seja exatamente isso o que as pessoas vão fazer. Mas há um número limitado de locais adequados para represas na região, e represas significam que os fazendeiros terão que pagar pelo armazenamento de água que antes era fornecida pela natureza. Além disso, as mudanças a caminho são tão vastas que mesmo um novo programa de construção de barragens é insuficiente para contrabalançá-las. Os pesquisadores preveem que as mudanças na cobertura de neve podem reduzir em 15% o valor das fazendas, ao custo de bilhões.

O maior problema, contudo, é certamente o que vai acontecer com as cidades do oeste americano, que dependem de suprimentos de água cada vez mais reduzidos. Essas vastas metrópoles são impossíveis de remanejar, e algumas — como aconteceu com as antigas cidades da Mesopotâmia — terão que ser abandonadas se a taxa de mudanças se acelerar. Isso pode parecer extremo, mas estamos apenas no começo da crise de água do oeste.

Há 5 mil anos, quando o sudoeste americano era um pouco mais seco e quente que hoje, as culturas indígenas que se desenvolviam na região praticamente desapareceram. Só quando o clima esfriou é que a região se tornou habitável novamente. Por mais de um milênio o sudoeste foi pouco mais do que uma grande cidade-fantasma.

14

CLIMA EXTREMO

Em 2003, os cientistas do clima anunciaram que, em apenas alguns anos, a tropopausa (fronteira entre a troposfera e a estratosfera) tinha subido várias centenas de metros. As causas eram tanto o aquecimento e a expansão da troposfera devido ao aumento dos gases do efeito estufa como o resfriamento e a contração da estratosfera causada pela diminuição da camada de ozônio.

Por que deveríamos nos preocupar com esse pequeno ajuste entre camadas da atmosfera, 11 quilômetros acima de nossas cabeças?

Pelo simples motivo de que os climatologistas agora se dão conta de que grande parte das condições climáticas são geradas na tropopausa. Quando ela muda não mudam apenas os padrões do clima, mas também os eventos climáticos extremos.

Não há dúvida de que eventos climáticos extremos estão se tornando mais frequentes.

Eis apenas um pequeno exemplo dos últimos anos: o mais poderoso El Niño já registrado (1997-1998), o furacão mais devastador em duzentos anos (Mitch, 1998), o verão europeu mais quente e mortal da história (2003), o primeiro furacão no Atlântico Sul (2002), enchentes sem precedentes em Mumbai, na Índia (2005), a pior temporada de tempestades já vivenciada nos Estados Unidos, o furacão economicamente mais devastador de que se tem notícia (Katrina, 2005), e o ciclone Mônica, o mais poderoso já registrado na Austrália (2006).

Como o aquecimento global pode tornar furacões e ciclones mais poderosos? A resposta está no aquecimento dos oceanos, e na capacidade do ar mais quente de reter vapor de água, o combustível que alimenta essas tempestades extremas.

Pense em como transpiramos em um dia quente, e, à medida que evapora, o suor carrega calor do nosso corpo para o ar. Trata-se de uma forma extremamente eficiente de transferência de calor, já que a evaporação de apenas 1 grama de água da pele é suficiente para transferir 580 calorias.

Pense na diferença de escala entre o seu corpo e todo o oceano e poderá perceber o poder que a energia calórica derivada da evaporação carrega para a atmosfera.

Então a água quente é capaz de aquecer o ar. E o ar aquecido pela mudança climática pode carregar muito mais calor. Para cada 10°C de aumento em sua temperatura, a quantidade de vapor de água que o ar pode conter dobra. Assim, o ar a 30°C pode conter quatro vezes mais "combustível de furacão" que o ar a 10°C.

Talvez a mudança mais marcante nos furacões desde a década de 1950 — quando o aquecimento global começou a ser sentido —, seja a mudança em suas rotas. Um dos exemplos melhores documentados dessa mudança vem do leste da Ásia. A frequência dos tufões que devastam o leste da China e o mar das Filipinas diminuiu desde 1976, mas o número aumentou no mar do Sul da China.

Mais para oeste, no mar Arábico e na baía de Bengala, tem havido menos tufões, o que é uma boa notícia para os milhões de pessoas que vivem ao nível do mar nessas regiões. Outra mudança marcante tem sido notada nas altas latitudes do hemisfério Sul, onde houve uma drástica redução no número de ciclones que ocorrem no oceano Subantártico, ao sul da latitude 40, acompanhada por um modesto aumento no oceano Antártico.

Existem sinais perturbadores de que os furacões estão se tornando mais frequentes na América do Norte. Em 1996, 1997 e 1999, os Estados Unidos enfrentaram mais que o dobro do número de furacões experimentados anualmente durante o século XX. O que faltou em número de furacões em 1998 foi mais do que compensado em sua intensidade.

Em outubro de 1998, o furacão Mitch abriu caminho pelo Caribe, matando 10 mil pessoas e deixando 3 milhões desabrigadas. Com ventos com velocidade de até 290 quilômetros por hora, o Mitch foi o quarto furacão mais forte já registrado na bacia do Atlântico. Foi também a tempestade mais destruidora a atingir as Américas em duzentos anos; somente o Grande Furacão de 1780, que matou pelo menos 22 mil pessoas, foi mais severo em seu impacto.

As tempestades voltaram com força total em 2004, quando quatro grandes tempestades tropicais cruzaram a costa da Flórida em rápida sucessão, devastando grande parte do estado. Muitas das casas danificadas por essas tempestades continuam inabitáveis.

Em setembro de 2005, o furacão Katrina devastou Nova Orleans e mudou a história do clima. Depois o Rita atingiu o Texas, e as pessoas finalmente começaram a se perguntar se essas gigantescas máquinas de destruição eram produtos das mudanças climáticas.

Como fazem todos os furacões, o Katrina começou como uma simples tempestade com raios e trovões, nesse caso em águas quentes a sudeste das Bahamas. Depois se tornou uma tempestade tropical, um grupo de temporais que giram até formarem um vórtice.

As tempestades tropicais evoluem para furacões apenas onde a temperatura da superfície do oceano está em torno de 26°C ou mais. Isso acontece porque a água do mar aquecida evapora rapidamente, fornecendo o volume de combustível — vapor d'água — necessário para impulsionar um furacão.

Os furacões são classificados de acordo com a escala Saffir-Simpson, que vai de 1 a 5. Os furacões de categoria 1 não têm força suficiente para causar danos significativos à maioria das construções, mas podem provocar uma elevação de até 1,5 metro no nível do mar, inundando as regiões costeiras e danificando construções mais frágeis.

Furacões de categoria 3 são mais perigosos. Geram ventos de 180 a 210 quilômetros por hora, e podem destruir trailers e desfolhar árvores.

Já os furacões de categoria 5 são algo completamente diferente. Quando chegam ao continente, ventos de 250 quilômetros por hora não deixam nenhuma árvore ou arbusto de pé, e poucas construções resistem. A elevação do nível do mar pode ser de até 5,5 metros e chega cerca de quatro horas antes do olho do furacão, portanto as inundações são muito mais amplas e as estradas ficam obstruídas, o que impede as pessoas de fugirem.

Quando o Katrina atingiu a Flórida, no dia 25 de agosto, era uma tormenta de categoria 1, com ventos de 120 quilômetros por hora. E mesmo assim matou 11 pessoas na Flórida. A maioria dos furacões perde força quando chega à terra firme, mas de alguma forma o Katrina sobreviveu à travessia da península da Flórida e, no dia 27 de agosto, emergiu no golfo do México.

Durante o verão de 2005, as águas superficiais do norte do golfo estavam excepcionalmente quentes – em torno de 30°C. Essa temperatura já é alta demais para tornar a natação uma atividade agradável. Grandes volumes de água do mar não ficam tão quentes, e as águas do golfo são profundas, o que fornece um grande reservatório de calor. Essas águas produziram grandes volumes de vapor d'água, e durante os quatro dias de sua passagem pelas águas do golfo o Katrina cresceu e cresceu, até chegar à categoria 5.

Quando se aproximou de Nova Orleans, tinha diminuído para uma tempestade de categoria 3, e seu olho passou 50 quilômetros ao leste da cidade. Portanto, o Katrina não era a mais violenta das tempestades quando atingiu Nova Orleans, nem teve um impacto direto. Ainda assim, seu efeito foi catastrófico.

Meio milhão de pessoas moravam na cidade, e grande parte dela estava a vários metros abaixo do nível do mar – um fator-chave para sua vulnerabilidade. Os diques que continham as águas do rio Mississippi e do lago Pontchartrain tinham sido construídos com um clima mais ameno em mente, e não resistiram ao impacto do furacão. Com o número de furacões muito potentes aumentando na última década, já se sabia que a devastação da cidade era apenas uma questão de tempo. Em outubro de 2004, a *National Geographic* publicou uma matéria que alertava para os riscos, e em setembro de 2005 a *Time* voltou a enumerá-los.

Muitas coisas deram errado em Nova Orleans. A pobreza, os altos níveis de porte de armas, a corrupção e a incompetência do governo contribuíram para retardar os esforços de socorro. Além disso, havia a poluição industrial liberada pelas marés ciclônicas e pelos ventos intensos. Em uma região que fornece e refina uma proporção considerável da gasolina dos Estados Unidos, os vazamentos eram inevitáveis. O Katrina inundou a maioria das 140 refinarias petroquímicas que formam o "corredor do câncer" da Louisiana. Esse estrago, é claro, foi aumentado pelo Rita, que atingiu o coração da indústria petroquímica norte-americana, no Texas.

Tudo isso nos ensina que muitos dos impactos mais devastadores de qualquer furacão em particular não estão relacionados com o aquecimento global. Se o Katrina fosse um pouco mais fraco ou mais forte, se tivesse passado a 50 ou 150 quilômetros da cidade, e se tivesse chegado uma semana antes ou depois seriam fatores casuais.

Mas há evidências suficientes de que o aquecimento global está mudando as condições da atmosfera e dos oceanos de tal forma que os furacões serão ainda mais destruidores no futuro. Cientistas descobriram que o total de energia liberado pelos furacões no mundo aumentou 60% nas duas últimas décadas, e grande parte dessa energia está sendo absorvida pelos furacões mais poderosos.

Desde 1974 o número de furacões de categoria 4 e 5 quase dobrou. Os furacões estão durando mais e as temporadas deles estão se tornando mais longas. Hoje não há furacões no inverno porque o mar está frio demais. Em um mundo mais quente pode não ser assim.

Furacões e ciclones fazem com que as atenções se voltem para as mudanças climáticas mais do que qualquer outro fenômeno natural. E são capazes de causar muito mais danos e de matar muito mais pessoas que o maior dos ataques terroristas. Viver com o risco crescente de uma devastação desse tipo deveria ser um lembrete constante para nós de que pagaremos um preço realmente muito alto caso fracassemos no combate às mudanças climáticas.

No rastro dos furacões vêm as enchentes. Como retém mais vapor d'água, a incidência de inundações severas está aumentando e deve crescer ainda mais. No verão de 2002, dois quintos do volume anual de chuvas da Coreia do Sul caíram em uma semana, causando tamanha destruição que o país teve que mobilizar suas tropas para ajudar as vítimas da enchente. Ao mesmo tempo, a China sofreu inundações de magnitude histórica que afetaram 100 milhões de pessoas.

O aumento global dos danos provocados por inundações tem sido grande nas décadas recentes. Nos anos 1960, cerca de 7 milhões de pessoas eram afetadas por enchentes anualmente. Hoje, o número chega a 150 milhões. E no rastro das enchentes vêm as doenças. A cólera desenvolve-se nas águas estagnadas e poluídas, assim como os mosquitos que transmitem a malária, a febre amarela, a dengue e a encefalite. As pragas também se beneficiam do transtorno quando pulgas, ratos e homens se reúnem nos locais mais elevados.

Cientistas também constataram que o Reino Unido tem experimentado um aumento significativo de tempestades severas no inverno, uma tendência que eles preveem que vai continuar. Isso está relacionado com o clima mais quente: a década de 1990 foi a mais quente do centro da Inglaterra desde que começaram os registros na década de 1660. A estação de crescimento das plantas aumentou um mês, as ondas de calor se tornaram mais frequentes e os invernos, mais úmidos, com chuvas mais pesadas.

No continente, eventos bem alarmantes aconteceram. O verão europeu de 2003 foi tão quente que, em termos estatísticos, um evento tão fora do comum só deveria acontecer uma vez a cada 46 mil anos. Durante junho e julho daquele ano, 30 mil pessoas morreram quando as temperaturas ultrapassaram os 40°C na maior parte da Europa. As ondas de calor matam um grande número de pessoas todo ano no mundo; mesmo nos Estados Unidos, climaticamente turbulentos, as mortes relacionadas com o calor excedem as provocadas por todos os outros fatores climáticos combinados.

Os Estados Unidos já têm o clima mais variado entre todos os países da Terra, com tornados, enchentes súbitas, tempestades com raios intensos, furacões e nevascas mais devastadores que em qualquer outro lugar. Com a projeção de que a intensidade de tais eventos vai aumentar à medida que nosso planeta esquentar, a população dos Estados Unidos parece ter mais a perder com as mudanças climáticas do que qualquer outra nação.

Como já vimos no caso das bruscas quedas de volume de chuvas, a Austrália também está sofrendo os efeitos da mudança climática: tempestades severas, aumento do número de dias muito quentes, aumento nas temperaturas noturnas, decréscimo do número de dias muito frios e da incidência de geadas.

Em algumas regiões, como o entorno de Alice Springs, na Austrália central, houve um aumento de temperatura de mais de 3°C ao longo do século XX. Aumentou também a ocorrência de ciclones intensos, assim como sistemas de baixa pressão severos no sudeste da Austrália. A frequência das enchentes também aumentou, sobretudo depois da década de 1960.

É difícil encontrar dois países que tenham sido mais prejudicados pela mudança climática do que os Estados Unidos e a Austrália.

Algumas regiões do mundo, por outro lado, até agora registraram poucas mudanças. Na Índia, à exceção do Gujarat e da Orissa ocidental, há menos secas do que há 25 anos. Apenas o noroeste da Índia está sofrendo um aumento expressivo do número de dias extremamente quentes: as ondas de calor provocam um grande número de mortes na região. E em 2005 houve um recorde de chuvas e tempestades de monção em Mumbai e nas regiões adjacentes, o que provocou enchentes devastadoras e danificou o campo de gás de Mumbai.

Um impacto resultante do aquecimento global está sendo sentido de modo igual em todos os continentes: todos eles estão encolhendo, porque, graças ao calor e ao derretimento do gelo, os oceanos estão se expandindo. Será que isso é uma ameaça para a humanidade? Até onde a água vai subir e com que rapidez?

15

A SUBIDA DAS ÁGUAS

Nossa espécie provavelmente surgiu numa região de lagos no vale do Rift africano, onde nossos ancestrais buscavam sua dieta de peixe, moluscos, aves e mamíferos. Temos procurado viver junto da água desde então, pois a água atrai os seres vivos de perto e de longe. Acampe perto de um poço de água e cedo ou tarde os animais virão beber ali. Quase instintivamente, nossa espécie sempre preferiu viver com uma vista para a água, especialmente se incluir uma praia, um lago ou um gramado aparado como se tivesse servido de pasto para grandes animais. Os corretores de imóveis conhecem muito bem essas preferências e a quantidade de dinheiro que estamos dispostos a desembolsar por elas.

Duas em cada três pessoas na Terra vivem a menos de 80 quilômetros da costa. No entanto, em nosso subconsciente, compreendemos que as águas podem invadir a terra, fazendo com que nossa propriedade, adquirida com tanta dificuldade, não tenha mais valor.

Há 15 mil anos, os oceanos encontravam-se pelo menos 100 metros abaixo de onde estão hoje. O continente norte-americano era um verdadeiro império do gelo, superando até mesmo a Antártida no volume de água congelada que abrigava. Quando a grande calota polar americana derreteu, liberou água suficiente para fazer o nível dos mares subir 74 metros.

O mar elevou-se rapidamente até cerca de 8 mil anos atrás, quando chegou ao seu nível atual, e as condições se estabilizaram. Em todo o mundo as pessoas viram a subida das águas, às vezes de forma tão rápida a ponto de mudar a linha costeira de ano para ano. Hoje, até mesmo uma modesta elevação do nível do mar seria desastrosa, em todo lugar, de Manhattan à baía de Bengala, pois a população humana ao longo das linhas costeiras é densa.

Embora não esteja relacionado com a mudança climática, o catastrófico tsunami asiático de 2004 nos deu uma indicação de como a elevação dos mares e o clima turbulento podem ser devastadores. A Holanda já está planejando a construção de um superdique para salvá-la da invasão do oceano. A barreira do Tâmisa que protege Londres de desastrosas marés de tempestade, vai ser reforçada. Mas outros incontáveis milhões vivem junto do mar — alguns em propriedades caras, outros em vilarejos humildes — e não têm proteção. Só em Bangladesh, mais de 10 milhões de pessoas vivem a 1 metro do nível do mar. Na última vez que o mundo foi tão quente como se prevê que será em 2050, o nível do mar ficava 4 metros acima do que é hoje.

Tudo o que resta da grande calota polar do hemisfério Norte hoje é a capa de gelo da Groenlândia, o mar congelado do oceano Ártico e algumas geleiras continentais. Agora depois de 8 mil anos, esses remanescentes estão começando a derreter. A espetacular geleira Colúmbia, no Alasca, recuou 12 quilômetros nos últimos vinte anos; dentro de algumas décadas, não haverá mais geleiras no Parque Nacional das Geleiras, na América do Norte. Mas essas geleiras só contêm água suficiente para alterar o nível do mar em alguns centímetros.

Já a calota polar da Groenlândia é um verdadeiro remanescente das calotas polares continentais que os mamutes reconheceriam. Ela contém água suficiente para elevar o nível dos mares em 7 metros no mundo inteiro. No verão de 2002, ela encolheu o valor recorde de 1 milhão de quilômetros quadrados — a maior redução já registrada. Dois anos depois, em 2004, descobriu-se que as geleiras da Groenlândia estão derretendo dez vezes mais rápido do que se pensava.

E as notícias vão ficando piores. Em 2006 foi publicado um relatório que indicava que as geleiras da Groenlândia na verdade estão derretendo duas vezes mais rápido do que se acreditava em 2004.

Você pode ficar surpreso ao saber que as temperaturas permanecem frias — de fato estão diminuindo — nas partes mais elevadas da Groenlândia e da Antártica. Esses são os únicos locais da Terra onde uma tendência a temperaturas mais negativas está ocorrendo. Isso é confortador, porque um estudo recente concluiu que, se a calota polar da Groenlândia derreter, será impossível restaurá-la, mesmo que os níveis de CO_2 na atmosfera do planeta retornem aos níveis pré-industriais.

A maior extensão de gelo no hemisfério Norte é o mar congelado do polo e, desde 1979, sua extensão no verão diminuiu 20%. Além disso, o gelo remanescente ficou mais fino. Medições feitas com submarinos revelam que tem apenas 60% da espessura de quatro décadas atrás. As consequências desse grande derretimento para a elevação dos mares, no entanto, não são maiores que as da dissolução de um cubo de gelo num drinque para elevação do nível de líquido num copo.

Isso porque a calota polar do Ártico é água do mar congelada, 9 décimos da qual estão submersos, e quando derrete, ela se condensa em água na mesma proporção em que se projeta do mar.

Somente o gelo de terra, quando derrete e escorre para o mar, aumenta os níveis dos oceanos.

Embora o derretimento do mar gelado não tenha efeito direto, seus efeitos indiretos são importantes. Em sua atual taxa de declínio, restará pouco ou nada da capa de gelo do Ártico no verão de 2030, e isso mudará significativamente o albedo da Terra.

Lembre-se de que um terço dos raios do Sol que incidem na Terra são refletidos de volta para o espaço. O gelo, principalmente nos polos, é responsável por grande parte desse albedo, porque reflete de volta cerca de 90% da luz solar que o atinge.

A água, por outro lado, é um refletor pobre. Quando o Sol está a pino, ela reflete apenas de 5% a 10% da luz de volta para o espaço. Como você já deve ter notado ao apreciar um pôr do sol no mar, entretanto, a quantidade de luz refletida pela água aumenta à medida que o Sol se aproxima do horizonte. Trocar o gelo do Ártico por um oceano escuro vai resultar em muitos raios solares a mais sendo absorvidos pela superfície da Terra e reirradiados como calor. Isso vai gerar um aquecimento local que, em um exemplo clássico de retroalimentação positiva, acelerará o derretimento do gelo continental remanescente.

Durante os últimos 150 anos o oceano subiu apenas de 10 a 20 centímetros, o que equivale a 1,5 milímetro por ano — cerca de um décimo da velocidade com que o seu cabelo cresce. Na última década do século XX, contudo, a taxa de elevação do nível do mar dobrou para em torno de 3 milímetros ao ano.

Os cientistas estão preocupados com o ímpeto dessa elevação, pois o mar é a maior força do nosso planeta. Quando os movimentos dentro dele chegam a um determinado ritmo, todo o esforço de todas as pessoas na Terra nada poderá fazer para detê-lo. Os oceanos, é claro, são muito possantes quando comparados com a atmosfera, tendo quinhentas vezes a sua massa, e são muito densos.

Assim, quando pensamos na atmosfera mudando os oceanos, temos que imaginar algo como um fusquinha puxando um tanque de guerra morro abaixo. É necessário um certo esforço para fazer o monstro começar a andar, mas, quando ele começa a deslizar, não há muito o que o fusca possa fazer para alterar a trajetória do tanque.

Quando o nosso planeta está esquentando, as camadas superficiais do oceano levam três décadas para absorver o calor da atmosfera, e é preciso mil anos ou mais para esse calor chegar às profundezas. Tudo isso significa que, da perspectiva do aquecimento global, os oceanos ainda estão vivendo em 1970.

Apesar disso as temperaturas estão se elevando na superfície dos oceanos, e também surgem informações de brusco aumento de temperatura nas profundezas. Não há nada que possamos fazer para evitar essa lenta transferência de calor do ar para o mar, o que é uma notícia muito ruim.

Quando a maioria de nós pensa na elevação dos mares, imagina geleiras se derretendo e calotas polares se derramando nos oceanos. Mas há outra maneira de os oceanos se elevarem. No século passado a elevação do nível do mar foi provocada em grande medida pela expansão dos oceanos, já que a água morna ocupa mais espaço que a fria.

Estima-se que essa expansão térmica dos oceanos eleve o nível dos mares entre 0,5 e 2 metros nos próximos quinhentos anos.

É da Antártica que chegam as notícias mais alarmantes sobre o derretimento do gelo. Em fevereiro de 2002, a plataforma glacial Larsen B, que com 3.250 quilômetros quadrados era do tamanho de Luxemburgo, fragmentou-se em questão de semanas. Os cientistas sabiam que a península Antártica estava se aquecendo mais rapidamente que qualquer outro lugar da Terra, mas a velocidade e a brusquidão do colapso da Larsen B os deixaram muitos chocados.

Por que a Larsen B se fragmentou? O derretimento no verão tanto no topo quanto no fundo da geleira, provocado pelo aquecimento da atmosfera e do oceano, deixara a geleira fina e cheia de fendas. Mas o derretimento do gelo por baixo foi o fator mais importante. Embora as águas profundas do mar de Weddell, que fluem em torno do gelo, ainda estivessem frias o bastante para matar uma pessoa em minutos, sua temperatura aumentara 0,32°C desde 1972. Essa mudança foi suficiente para iniciar o derretimento.

Os cientistas estão convencidos de que ainda neste século o restante da geleira Larsen vai se fragmentar, mas a essa altura nossa atenção estará voltada para o destino de massas de gelo ainda maiores. A primeira provavelmente será a planície de gelo de Amundsen, uma extensa área do mar congelado na costa oeste da Antártica. Pesquisadores da Nasa descobriram que grandes trechos da planície de gelo se tornaram tão finos que podem flutuar livres de suas "âncoras" no leito do oceano e desmoronar como Larsen B. O momento fatal para a Amundsen pode acontecer muito em breve.

Em 2002, as geleiras que desembocavam na Amundsen tinham aumentado sua taxa de descarga para cerca de 250 quilômetros cúbicos de gelo por ano — o suficiente para elevar globalmente o nível dos mares em 0,25 milímetro por ano. Existe gelo suficiente naqueles glaciares para elevar o nível dos mares cerca de 1,3 metro.

A calota polar do oeste da Antártica também se encontra tenuemente ancorada no fundo de um mar raso. É uma das maiores extensões de gelo marítimo ainda existentes no mundo. Se a calota polar do oeste da Antártica se soltar do fundo do oceano, ela acrescentará de 15 a 50 centímetros ao nível dos mares até 2100. E, o que é pior, as geleiras que desembocam nela vão se acelerar, aumentando ainda mais o nível dos mares. Ao todo, os 3,8 milhões de quilômetros cúbicos de gelo glacial e marítimo contidos na calota do oeste da Antártica contêm água suficiente para elevar de 6 a 7 metros o nível global dos mares.

Existe um ponto positivo em tudo isso. O aumento da precipitação de chuva deve levar mais neve para a calota polar da alta Antártica, o que pode compensar parte do gelo sendo perdido nas margens do continente, embora não se saiba quanto, nem por quanto tempo.

Cientistas do clima agora debatem se os seres humanos já acionaram o mecanismo que criará uma Terra sem gelo. Se assim for, já condenamos nosso planeta, e a nós mesmos, a uma elevação do nível dos mares de cerca de 67 metros.

A maior parte da elevação dos mares vai ocorrer depois de 2050, mas os cientistas estão cada vez mais preocupados com grandes elevações num futuro próximo. Em 2001, a maioria deles falava em uma elevação de algumas dezenas de centímetros neste século. Em 2004, cientistas respeitados estavam prevendo uma elevação de 3 a 6 metros em um século ou dois, enquanto em 2006 o Dr. James Hansen, um dos mais importantes climatologistas dos Estados Unidos, afirmou que um aumento de 25 metros pode ocorrer em alguns séculos.

O derretimento dos polos pode abrir uma passagem a nordeste para os navios cargueiros, mas haverá algum porto funcionando para recebê-los?

De todos os serviços gratuitos que um clima estável nos oferece, nenhum é desvalorizado com tanta frequência como um nível dos mares estável. Apenas pense na cidade em que vive, ou em qualquer outra cidade à beira-mar. Você consegue imaginar quantos esforços e recursos serão desperdiçados na tentativa de proteger propriedades se os mares começarem a subir rapidamente? Não haveria tempo nem dinheiro para nenhum outro problema urgente. Se não agirmos rápido para estabilizar nosso clima, você poderá ver povoados, subúrbios e até cidades inteiras engolidos pelo mar.

Parte III

A CIÊNCIA DA PREVISÃO

16

MODELOS DE MUNDO

A ferramenta básica usada na previsão da mudança climática é um modelo computadorizado dos processos físicos que ocorrem na superfície da Terra. Os cientistas então alteram os dados introduzidos, para ver, por exemplo, como o nosso clima reagiria se dobrasse a quantidade de CO_2 na atmosfera, ou como o buraco na camada de ozônio afeta o clima.

Hoje existem cerca de dez modelos de computador diferentes que simulam como a atmosfera se comporta e preveem agora como se comportará no futuro. Os mais sofisticados se encontram na Inglaterra, na Califórnia e na Alemanha.

O Centro Hadley para Previsão Climática e Pesquisa, na Inglaterra, parece uma moderna catedral da pesquisa climática. O novo prédio, terminado em 2003, ergue-se como um elegante amálgama de vidro e aço projetado para minimizar o consumo da energia e seu impacto sobre o meio ambiente. Nesse complexo, mais de 120 pesquisadores tentam reduzir as incertezas das previsões, produzindo modelos cada vez mais sofisticados para imitar o mundo real.

Se nosso planeta fosse uma esfera negra uniforme, o pessoal do Hadley teria uma tarefa simples, pois a duplicação do nível de CO_2 na atmosfera elevaria a temperatura superficial da nossa hipotética esfera em 1°C. Mas a Terra é azul, verde, vermelha e branca, e sua superfície é cheia de irregularidades. São as partes brancas — principalmente as nuvens — que estão dando dores de cabeça aos pesquisadores. As nuvens são um assunto nebuloso, por assim dizer, porque ainda não desenvolvemos uma teoria sobre sua formação e dissipação. Elas são capazes tanto de prender o calor quanto de refletir a luz solar de volta para o espaço. Isso significa que elas podem, de acordo com as circunstâncias, aquecer ou resfriar.

Então, até que ponto essa bola de cristal enevoada e computadorizada do Centro Hadley é boa para prever o futuro? Existem quatro grandes testes que qualquer modelo global de circulação deve passar antes que possa ser considerado confiável.

- Sua base física é compatível com as leis da física — conservação de massa, calor, umidade e assim por diante?
- Será que ele pode simular o clima atual com precisão?
- Ele pode simular, dia a dia, a evolução dos sistemas climáticos que formam o nosso clima?
- E, finalmente, o modelo é capaz de simular climas passados?

Os modelos de computador usados no Centro Hadley passam em todos esses testes com um razoável grau de precisão, e, no entanto, descobertas no mundo real forçam constantemente mudanças nesses modelos.

Por exemplo, chegamos à conclusão de que recentemente a mudança climática induzida pelo homem está alterando a pressão ao nível do mar. Trata-se do primeiro indício claro de como os gases do efeito estufa afetam diretamente um fator meteorológico que não a temperatura. Como esse dado ainda não havia sido incorporado aos modelos, subestimamos o impacto da mudança climática sobre as tempestades no Atlântico Norte.

Entre as décadas de 1940 e 1970, apesar dos níveis crescentes dos gases do efeito estufa na atmosfera, a temperatura média da superfície da Terra declinou. Além disso, os primeiros modelos previam que, diante da quantidade de CO_2 liberada na atmosfera ao longo do século, a Terra deveria estar se aquecendo duas vezes mais rapidamente que o registrado.

Os céticos se agarraram a essas incongruências para repudiar os modelos e também para alardear a ideia de que o CO_2 e outros gases do efeito estufa não tinham nada a ver com a elevação das temperaturas. Ambas as discrepâncias, no fim das contas, resultavam de um fator que não fora considerado — a poderosa influência sobre o clima de minúsculas partículas que flutuam na atmosfera.

Conhecidas como aerossóis, elas podem ser qualquer coisa entre a poeira ejetada pelos vulcões e o coquetel de partículas mortíferas que sai das chaminés das usinas de energia a carvão. Regiões desérticas como as do Sabel as produzem em grande quantidade, e os motores a diesel, pneus de borracha e incêndios também são fontes importantes. Os primeiros modelos não incluíam os aerossóis em seus cálculos, em parte porque ninguém tinha se dado conta da extensão com que as atividades humanas estavam aumentando a sua quantidade.

Hoje sabemos que entre um quarto e a metade de todos os aerossóis na atmosfera atualmente foram colocados lá pela atividade humana.

Aerossóis podem causar muito dano à saúde humana. Eles foram a causa da significativa mortalidade na Londres do século XVII, quando se queimava muito carvão. Ainda hoje, os aerossóis gerados pela queima do carvão matam cerca de 60 mil pessoas por ano nos Estados Unidos. Em parte porque o carvão age como uma esponja, absorvendo mercúrio, urânio e outros minerais nocivos liberados quando ele é queimado.

O estado do Sul da Austrália abriga a maior mina de urânio do mundo, e no entanto, o ponto de maior radiação não é a mina e sim uma usina elétrica a carvão em Port Auguste. As pessoas se preocupam com a radiação liberada por testes nucleares, mas no curso de um ano apenas uma usina movida a carvão no Hunter Valley, na Austrália (e há várias dessas usinas na região), pode liberar tanta radiação na atmosfera quanto todo o programa de testes nucleares que a França realizou no Pacífico secretamente. Não surpreende que o câncer de pulmão seja um resultado comum da queima do carvão: no Hunter Valley a taxa de casos de câncer de pulmão é um terço maior que na vizinha Sidney, apesar dos níveis de poluição na metrópole.

Quando criança, eu me lembro de ver os sinais de "É proibido cuspir" nas paredes dos túneis do metrô na minha cidade natal, Melbourne, e de ouvir falar nas escarradeiras que eram usadas na época do meu avô. Quando fui à China, já adulto, e vi os habitantes de cidades extremamente poluídas, como Hefei, tossindo e escarrando com a congestão em seus pulmões, percebi que meus antepassados não tinham necessariamente hábitos de higiene piores que os da minha geração. Eles simplesmente enfrentavam a atmosfera imunda criada pela queima do carvão.

Os cientistas agora acreditam que a queda de temperatura entre as décadas de 1940 e 1970 foi causada por aerossóis. Um deles era o dióxido de enxofre, liberado sempre que carvão de baixa qualidade é queimado. Na década de 1960, os lagos e as florestas das latitudes elevadas do hemisfério Norte estavam morrendo. As árvores perdiam suas folhas, enquanto os lagos se tornavam cristalinos e sem vida.

A causa era a chuva ácida resultante das emissões de dióxido de enxofre das usinas elétricas a carvão. Uma legislação tornou obrigatório o uso de filtros nas usinas de energia do mundo industrializado. Eles têm sido usados desde a década de 1970 e reduziram drasticamente as emissões de dióxido de enxofre.

Isso produziu, entretanto, uma consequência indesejada. Aerossóis de sulfato são muito eficientes em refletir a luz solar de volta para o espaço, e assim agem de maneira poderosa no resfriamento do planeta. Como a maioria dos aerossóis fica apenas algumas semanas na atmosfera (o dióxido de enxofre se degrada a uma taxa de 1% a 2% por hora na umidade normal), o efeito da instalação dos filtros foi imediato.

À medida que o ar ficava limpo, as temperaturas globais, impulsionadas pelo CO_2 liberado pelas mesmas usinas de energia, recomeçaram a subir. A experiência foi um exemplo perfeito de como em nosso mundo tudo está interligado.

Em 1991, a erupção do monte Pinatubo, nas Filipinas, forneceu um teste excepcional para a capacidade dos novos modelos de prever a influência dos aerossóis. Ela ejetou 20 milhões de toneladas de dióxido de enxofre na atmosfera, e um grupo liderado pelo cientista da Nasa James Hansen previu que o resultado seria um esfriamento mundial de 0,3°C — número que correspondeu *exatamente* ao que se viu no mundo real.

Entre as previsões mais importantes e mais confiáveis desses modelos estão as de que os polos vão se aquecer mais rapidamente que o restante da Terra; as temperaturas sobre os continentes se elevarão mais rapidamente do que a média global; haverá mais chuvas; e os eventos climáticos extremos aumentarão em frequência e intensidade.

As mudanças também serão evidentes nos ritmos diários, e as noites serão mais quentes em relação aos dias, pois é durante a noite que a Terra perde calor através da atmosfera para o espaço. Haverá também uma tendência na direção do desenvolvimento de condições semipermanentes do El Niño.

Agora temos que nos voltar para a principal incerteza que permanece em todos os modelos: será que a duplicação do CO_2 dos níveis pré-industriais de 280 para 560 partes por milhão levará a um aumento da temperatura de 2°C ou 5°C? Depois de quase trinta anos de trabalho duro e espantosos avanços tecnológicos, ainda não temos certeza sobre a resposta para essa questão.

Muitos afirmam que já sabemos o suficiente: mesmo um aumento de 2°C será catastrófico para grande parcela da humanidade.

O estudo mais abrangente sobre a mudança climática já realizado foi publicado no início de 2005 por uma equipe da Universidade de Oxford. Foi realizado utilizando o tempo ocioso de mais de 90 mil computadores pessoais e voltou-se para as implicações sobre a temperatura da duplicação do nível de CO_2 na atmosfera. O resultado médio de muitas simulações indica que isso levará a um aumento de 3,4°C. Mas houve um espantoso espectro de possibilidades — indo de um aquecimento de 1,9°C a 11,2°C, patamar que não tinha sido previsto anteriormente.

Enquanto lia esses resultados, uma anomalia que há muito tempo vem me incomodando ressurgiu. No final da última era do gelo os níveis de CO_2 subiram em 100 partes por milhão, e a temperatura média da superfície da Terra subiu 5°C. Isso sugere que o CO_2 tem uma influência poderosa na temperatura global. No entanto, na maioria das análises de computador, um aumento de CO_2 quase três vezes maior leva à previsão de um aumento de apenas 3°C na temperatura.

É claro que os ciclos de Milankovitch e as extensas calotas polares representaram seu papel, mas os cientistas que agora trabalham com aerossóis acham que têm parte da resposta. Medições diretas da intensidade da luz solar ao nível do solo e registros mundiais das taxas de evaporação (que são influenciadas principalmente pela luz solar) indicam que a quantidade de luz solar que atinge a superfície da Terra tem diminuído significativamente (em até 22% em certas áreas) nas três últimas décadas. Os aerossóis estão bloqueando a luz solar.

Esse fenômeno é chamado de escurecimento global, e funciona de duas maneiras: aerossóis como a fuligem aumentam a refletividade das nuvens, e os rastros de vapor deixados pelos aviões a jato criam uma persistente cobertura de nuvens. As partículas de fuligem mudam as propriedades refletoras das nuvens ao estimularem a formação de grande quantidade de minúsculas gotículas de água no lugar de gotículas maiores e em menor quantidade. Essas minúsculas gotículas de água fazem as nuvens refletirem muito mais luz solar de volta para o espaço que as gotículas maiores.

A história dos rastros dos jatos é diferente. Em 2001, nos três dias que se seguiram ao 11 de Setembro, quando terroristas destruíram o World Trade Center em Nova York, toda a frota de jatos dos Estados Unidos ficou no solo. Durante esse tempo, os climatologistas notaram um aumento sem precedentes nas temperaturas durante o dia em relação às temperaturas noturnas. Isso resultou, presumem eles, da luz solar adicional que chegava ao solo na ausência dos rastros dos aviões.

Se 100 partes por milhão de CO_2 podem realmente fazer a temperatura subir 5°C, e se os aerossóis e os rastros dos jatos têm contrabalançado isso, de modo que experimentamos apenas um aquecimento de 0,63°C, então sua influência sobre o clima deve ser enorme. É como se duas grandes forças —

ambas liberadas pelas chaminés do mundo — empurrassem o clima em direções opostas, só que o CO_2 é ligeiramente mais poderoso.

Isso nos deixa com um grave problema, pois a poluição por partículas dura apenas dias ou semanas, enquanto o CO_2 dura um século.

Se nossa compreensão do escurecimento global estiver correta, então temos apenas uma opção. Precisamos aprender como extrair CO_2 da atmosfera, e no momento não sabemos como fazê-lo de forma eficiente.

Um dia talvez sejamos capazes de criar fotossíntese artificial, que capturaria o carbono do ar, mas isso faz parte de um futuro que agora podemos apenas imaginar.

Uma das reações humanas mais fundamentais diante de qualquer mudança é perguntar o que a causou. Entretanto, o sistema climático da Terra é tão cheio de círculos de retroalimentação positiva e negativa que nossos conceitos normais de causa e efeito não se sustentam mais. Pense no famoso exemplo da teoria do caos do bater das asas de uma borboleta na Amazônia provocando um ciclone no Caribe. Dizer simplesmente que alguma coisa provocou outra não é uma linha de pensamento útil. Em vez disso, o que temos são ocorrências iniciais, aparentemente insignificantes — como um aumento da concentração de CO_2 na atmosfera —, que levam a uma mudança descontrolada.

Alguns grupos de estudiosos do clima produziram projeções baseadas em computadores para várias regiões da Terra e para curtas escalas de tempo, de algumas décadas. Aqui estão três exemplos.

O Centro Hadley fez previsões para o clima do Reino Unido da década de 2050 até 2080. Eles descobriram que, em 2050, a influência humana sobre o clima terá ultrapassado todas as influências naturais.

Eles previram que a cobertura de neve se reduzirá em 80% perto da costa britânica, e até em 60% nas terras altas da Escócia. A chuva no inverno deve aumentar em até 35%, com mais episódios de chuvas intensas, enquanto as de verão vão diminuir, e um verão em cada três será "muito seco". Um evento semelhante ao rigoroso verão de 1995 (que teve 17 dias com temperaturas acima de 25°C e quatro dias acima de 30°C) pode ocorrer duas vezes por década, enquanto a maioria dos anos será mais quente que o ano recorde de 1999. Em 2006, o sudeste da Inglaterra tinha enfrentado uma nova seca.

As mudanças sentidas na Europa continental serão mais extremas que o aumento na média global. Na verdade, uma elevação global de apenas 2°C na temperatura da superfície trará um aumento de 4,5°C nas temperaturas em toda a Europa, Ásia e Américas. Para a Grã-Bretanha isso significa um clima mais semelhante ao mediterrâneo e, como afirmaram alguns jornais, "o fim do jardim inglês". Mais importante são os desafios que essa mudança apresenta em relação à segurança da água, ao controle de enchentes e à saúde humana.

Em 2003 e 2004, dois outros estudos regionais abordaram os impactos climáticos na Califórnia. Eles argumentaram que o aquecimento global trará verões muito mais quentes para o estado e um esgotamento da cobertura de neve, que ameaçarão os suprimentos de água e a saúde. No fim do século, as ondas de calor em Los Angeles serão de duas a sete vezes mais letais que hoje e quase todas as florestas alpinas da Califórnia estarão perdidas. Os *pikas* (parentes alpinos dos coelhos) já estão em extinção nas montanhas isoladas do oeste. Sete populações de cerca de cinquenta indivíduos desapareceram nas últimas décadas.

O terceiro exemplo focaliza o estado da Nova Gales do Sul, com previsões feitas pelo principal grupo de pesquisa científica da Austrália, o CSIRO. Ele prevê, nas últimas décadas, aumentos de temperatura que variam de 0,2°C a 2,1°C, enquanto o número de noites frias e geadas diminuirá. O número de dias muito quentes (com temperaturas acima de 40°C) vai aumentar, assim como as secas de inverno e primavera, as chuvas extremas e a velocidade dos ventos.

O gás já está no ar e agora não temos meios de retirá-lo. Qualquer que seja a precisão desses relatórios, uma coisa é certa: o curso da mudança climática já está estabelecido pelo menos pelas próximas décadas.

17

PERIGO ADIANTE

O impacto total dos gases do efeito estufa que já se encontram na atmosfera só será sentido em 2050. Se nessa data as emissões desses gases parassem imediatamente, a Terra atingiria a estabilidade, com um novo clima. Isso se deve à longa vida do CO_2 na atmosfera. Os pesquisadores chamam isso de "comprometimento": mudanças que ainda vamos vivenciar e que não podemos evitar.

Grande parte do CO_2 liberado quando as pessoas acendiam seus fogões a lenha, nos anos posteriores à Primeira Guerra Mundial, continua a aquecer o nosso planeta hoje. A maior parte dos danos começou a ser provocada a partir da década de 1950, quando as pessoas dirigiam seus Chevrolets rabo de peixe e faziam funcionar seus eletrodomésticos com a energia gerada por usinas termoelétricas ineficientes, movidas a carvão.

A geração *baby-boomer* nascida nos anos que se seguiram à Segunda Guerra Mundial é a maior culpada: metade da energia gerada desde a Revolução Industrial foi consumida apenas nos últimos vinte anos.

É fácil condenar essa extravagância, mas precisamos nos lembrar de que, até recentemente, ninguém tinha a menor ideia de que as emissões dos canos de descarga de seus carros ou seus aspiradores de pó teriam um impacto sobre seus filhos e netos.

Mas agora sabemos. O verdadeiro custo de nossos carros, ar-condicionados, aquecedores elétricos de água, secadores de roupa e refrigeradores é cada vez mais evidente para todos. Em muitas nações desenvolvidas, as pessoas são, em média, três vezes mais abastadas do que os pais foram no mesmo estágio de suas vidas, e podem portanto arcar com o custo de uma mudança de hábitos.

Nosso comprometimento é influenciado por vários fatores:

- o CO_2 que já liberamos;
- a retroalimentação positiva, que amplifica a mudança climática;
- o escurecimento global;
- e a velocidade com que as economias humanas podem se descarbonizar.

O primeiro fator — os volumes existentes de gases do efeito estufa — é conhecido e não pode ser mudado.

O segundo e o terceiro fatores — a retroalimentação positiva e o escurecimento global — ainda estão sendo estudados pelos cientistas.

E o quarto — a taxa em que podemos reduzir nossas emissões – está sendo discutido neste momento nos parlamentos e gabinetes ao redor do mundo. Ele e o escurecimento global são os únicos impactos sobre os quais temos controle.

Os cientistas dizem que uma redução de 70% nas emissões de CO_2 a partir dos níveis de 1990, em meados do século XXI, é necessária para estabilizar o clima da Terra. Isso resultaria em uma atmosfera com 450 partes por milhão de CO_2 — lembre-se que hoje são 380 partes por milhão. O clima global se estabilizaria em 2100 com uma temperatura pelo menos 1,1°C mais alta que a do presente, com algumas regiões chegando a esquentar 5°C.

Os países da Europa falam em cortes nas emissões dessa magnitude, mas, levando em conta a intransigência da indústria do carvão e as políticas dos governos dos Estados Unidos e da Austrália, isso pode ser inatingível como meta global. Um cenário mais realista pode ser a estabilização do CO_2 atmosférico em 550 partes por milhão — o dobro dos níveis pré-industriais. Isso resultaria em uma estabilização climática daqui a séculos, e um aumento na temperatura global em torno de 3°C neste século.

Mas lembre-se de que mesmo isso depende de nossa boa sorte. Os gases já existentes na atmosfera podem acionar mecanismos de retroalimentação positiva com o potencial para causar mudanças que não podemos controlar.

É tarde demais para evitar uma mudança no nosso mundo, mas ainda temos tempo de evitar o desastre e de reduzir a probabilidade de uma mudança climática perigosa.

Talvez um modo mais produtivo de abordar o problema seja quantificar *taxas* de mudança perigosas. Afinal, a vida é flexível e, com tempo suficiente, pode adaptar-se às mudanças mais extremas. Porém, se a mudança ocorrer rápido demais, as plantas e os animais não terão tempo de se adaptar. Se pensarmos nesses termos, é provável que taxas de aquecimento acima de 0,1°C por década aumentem rapidamente o risco de danos significativos aos nossos ecossistemas. Da mesma forma, taxas de elevação dos mares acima de 2 centímetros por década seriam perigosas, assim como uma elevação total de 5 centímetros.

Mas a questão do que constitui uma mudança climática perigosa levanta outra pergunta: perigosa para quem? Para os inuítes no Ártico, o limite prejudicial já foi ultrapassado. As suas principais fontes de alimento, o caribu e a foca, já estão difíceis de encontrar devido à mudança climática e suas aldeias já estão ameaçadas.

Quando consideramos o destino do planeta como um todo, não se pode ter ilusões sobre o que está em jogo. A temperatura média da Terra é de cerca de 15°C, e se permitirmos que ela suba um único grau, ou 3°C, vamos definir o destino de centenas de milhares de espécies e de bilhões de pessoas.

18

NIVELANDO AS MONTANHAS

Nem as neves do Kilimanjaro, na África, nem as geleiras da Nova Guiné podem sobreviver aos níveis atuais de CO_2 por mais do que algumas décadas. E, abaixo desses reinos gelados, cada hábitat com suas espécies únicas, está subindo montanha acima.

Nada na ciência da previsão da mudança climática é mais certo que a extinção de muitas das espécies que habitam as montanhas do mundo.

Sabemos que nosso planeta deve se aquecer em 1,1°C neste século, haja o que houver. A continuação das práticas atuais nos condenará a um aumento de 3°C na temperatura. O pico mais alto da Nova Guiné — Puncak Jaya — tem pouco menos de 5 mil metros. Um aumento de 3°C empurrará os últimos hábitats alpinos da Nova Guiné para cima de seu cume. De fato, levando-se em conta tais mudanças extremas, existem poucas montanhas na Terra altas o bastante para fornecer refúgios alpinos.

Caminhar em meio ao ar fresco no topo de uma montanha da Nova Guiné, observando as delicadas teias de aranha estendidas entre as samambaias gigantes, brilhando com o orvalho, é uma experiência para se guardar. À luz da manhã, as cores dominantes nesses prados equatoriais abertos são o bronze e o verde brilhantes, entremeados pelos vermelhos, laranja e brancos vivos das orquídeas e rododendros. Aos seus pés, no solo cheio de musgo, estão os rastros das equidnas de bicos compridos — com 1 metro de comprimento, é o maior mamífero que põe ovos na Terra. E se observar bem você vai ver as tocas do rato alpino peludo, que, com quase 1 metro de comprimento do focinho à ponta da cauda, também é um gigante.

Na aurora, o ar fica cheio com o canto dos pássaros, pois essas montanhas são o refúgio das aves-do-paraíso, dos papagaios e de hordas de beija-flores que enxameiam no matagal cheio de flores. No meio da manhã, dos charcos espalhados, você ouvirá um *oooh, oooh*, que pode achar parecido (como aconteceu comigo) com o som de sua tia solteirona favorita, embriagada depois da ceia de Natal. Mas aqui se trata de uma minúscula perereca rosada — que não é maior que a unha do polegar de uma criança —, tão nova para a ciência que ainda não recebeu um nome.

Cada montanha tropical elevada da Terra tem um hábitat alpino equivalente, e abaixo dele estão florestas de montanha ainda mais ricas em vida. As cordilheiras do mundo abrigam uma assombrosa variedade de vida — de espécies icônicas, como os pandas e os gorilas-das-montanhas, aos humildes liquens e insetos. Embora os hábitats alpinos correspondam a meros 3% da superfície terrestre, são o lar de mais de 10 mil espécies de plantas, além de incontáveis insetos e animais maiores.

Ao longo do século XX, as espécies das montanhas recuaram uma média de 6,1 metros encosta acima a cada década. Elas fizeram isso porque as condições nas partes mais baixas se tornaram muito quentes ou muito secas, e porque novas espécies chegaram com as quais não podiam competir.

As cadeias de montanhas cobertas de floresta do nordeste de Queensland estão centradas nas Atherton Tablelands, a oeste de Cairns, e cobrem 10 mil quilômetros quadrados. Apesar de seu pequeno tamanho, elas são o mais importante hábitat de toda a Austrália, porque são o lar de plantas e animais sobreviventes de uma época mais úmida e fria de 20 milhões de anos atrás.

Em 1988, as florestas úmidas foram classificadas como a primeira área australiana de Patrimônio da Humanidade. Os turistas agora se aglomeram na região, e uma das atividades mais populares é o passeio noturno, quando os abundantes marsupiais podem ser vistos de perto no foco das lanternas. Em alguns lugares a floresta está viva, cheia de grunhidos, guinchos e farfalhar de mato.

Bem alto nas árvores da floresta é possível ouvir os gambás lemuroides de cauda anelada saltando de galho em galho. Eles são fósseis vivos — remanescentes de uma linhagem que deu origem ao majestoso planador de 1 metro de comprimento das florestas de eucaliptos. Os lemuroides não têm a membrana de planeio, mas são extraordinários saltadores, cujas quedas barulhentas nas copas das árvores produzem um dos ruídos mais constantes durante a noite.

Mais baixo nas árvores é possível ver os gambás verdes de cauda anelada com seus filhotes maiores. Eles são seletivos em suas dietas e para aprender quais folhas são as melhores, os jovens ficam na companhia de suas mães até quase o tamanho adulto. Os gambás habitam o cume das montanhas, porque se passarem de quatro a cinco horas numa temperatura de 30°C ou mais eles morrem. Tais temperaturas são um evento quase diário nas terras baixas ao redor.

Sessenta e cinco espécies de pássaros, mamíferos, rãs e répteis são exclusivas dessa região e não toleram condições mais quentes. Entre elas estão o pássaro dourado das folhagens, a rã Bloomfield e o canguru das árvores de Lumholtz.

Níveis mais elevados de CO_2 afetam o crescimento das plantas. Aquelas cultivadas experimentalmente em ambientes enriquecidos com CO_2, tendem a apresentar um valor nutricional reduzido e folhas mais duras. A previsão é de que essa mudança por si só irá reduzir a densidade de gambás. Conforme as espécies ficarem restritas às partes mais altas, os solos muito pobres que dominam os cumes vão reduzir ainda mais o valor nutritivo de sua comida. Se isso não fosse o bastante, a variabilidade das chuvas deve aumentar, com as secas se tornando mais severas. A camada de nuvens, que hoje fornece 40% da água que nutre as florestas de montanha, vai subir, expondo as matas a mais luz solar e mais evaporação. Tudo isso se soma num impacto catastrófico.

Com um aumento inevitável de apenas 1°C da temperatura, pelo menos uma espécie única dos trópicos úmidos — a rã de Thornton Peak — vai se extinguir. Com um aumento de 2°C, os ecossistemas úmidos dos trópicos começarão a se desfazer. Com um aumento de 3,5°C, cerca de metade das 65 espécies de animais únicas desses trópicos terão desaparecido, enquanto o resto ficará restrito a hábitats muito tênues de menos de 10% de sua área original. Na prática, suas populações se tornarão inviáveis e a extinção será apenas uma questão de tempo. As implicações para o futuro da biodiversidade australiana são enormes. Por exemplo, o pinheiro bunia — parente da araucária chilena e a espécie mais antiga de uma linhagem ancestral — está restrito a duas cadeias de montanhas. Essas espécies, ou algo semelhante a elas, estão na Terra desde a Era Jurássica, há 230 milhões de anos. Sua perda seria calamitosa, assim como a perda das orquídeas, samambaias e liquens, ou dos invertebrados — a legião de minhocas, besouros e outros seres que voam e rastejam encontrada às dezenas de milhares. Você pode imaginar a Austrália sem as florestas tropicais de Atherton e sem a Grande Barreira de Corais?

A iminente destruição das florestas úmidas da Austrália é um desastre biológico no nosso horizonte, e a geração responsável será amaldiçoada pelos que vierem depois.

O que dirão a seus filhos se seus carros e ar-condicionados custarem à nação suas principais joias naturais?

Em todo o mundo, os continentes e muitas ilhas têm cadeias de montanhas que são o último refúgio de espécies de notável beleza e diversidade. E estamos a ponto de perder todas elas, dos gorilas aos pandas e ao capim-de-carneiro, uma planta de touceira que cresce apenas nas regiões alpinas da Nova Zelândia. Só existe um meio de salvá-las. Precisamos cortar o problema pela raiz — a emissão de CO_2 e outros gases do efeito estufa.

Surpreendentemente, existe um grupo de espécies que se beneficiará bastante desse aspecto da mudança climática. São os parasitas que causam os quatro tipos de malária. À medida que as chuvas aumentarem, os mosquitos que transportam o parasita se multiplicarão, a estação da malária vai se alongar e a doença proliferará. Da Cidade do México a Mont Hagen, na Papua-Nova Guiné, os vales de montanha do mundo comportam populações humanas de alta densidade. E onde a densidade da população não é muito grande, são lugares saudáveis e gloriosos onde as doenças são raras.

Logo abaixo dessas comunidades — no caso da Nova Guiné, em torno dos 1.400 metros — existem grandes florestas onde ninguém vive porque a malária prospera. Num futuro próximo, o aquecimento global permitirá que o parasita da malária e seu vetor, o mosquito *Anopheles*, tenham acesso a esses vales de montanha mais altos. Lá eles encontrarão dezenas de milhares de pessoas sem nenhuma resistência à doença.

19

COMO ELES PODEM MANTER-SE EM MOVIMENTO?

Espécies sobreviveram a mudanças passadas porque as montanhas eram altas o bastante, os continentes amplos o bastante e a mudança gradual o bastante para eles migrarem. A chave para a sobrevivência no século XXI será manter-se em movimento. Mas como as espécies conseguirão fazer isso?

Por exemplo, se a temperatura da Austrália subir apenas 3°C neste século metade das espécies de *Eucalyptus* crescerá fora de sua atual zona de temperatura. Para sobreviver, elas terão que migrar, mas há numerosas barreiras no caminho, incluindo o oceano Austral e as áreas modificadas pelo homem.

A exuberante flora do Karoo, na África do Sul, abrange cerca de 2.500 espécies de plantas que não são encontradas em nenhum outro lugar. É a mais rica flora de zona árida da Terra, e famosa pela beleza de suas flores primaveris, que dependem de escassas chuvas de inverno. À medida que o clima se alterar, para onde essa vegetação poderá migrar? Para o sul e para leste — direções para onde a mudança climática vai empurrá-la —, ficam as montanhas Cape Fold, cujos solos e cuja topografia são inadequados para as plantas do Karoo. Simulações em computador indicam que, em 2050, 99% do exuberante Karoo terá desaparecido.

Ao sul das montanhas Cape Fold fica o fabuloso *fynbos*, um dos seis reinos florais da Terra e a mais diversa comunidade de plantas encontrada fora das florestas tropicais. As plantas quase não passam da altura dos joelhos, mas suas formas são extraordinárias. Juncos exibem flores brilhantes em forma de sino cujo néctar é bebido por "moscas beija-flor" de cores reluzentes com trombas de dois centímetros de comprimento que mergulham nos sinos. As encostas rochosas são adornadas com arbustos crivados de flores rosadas em formato de estrela do tamanho de um pires. A profusão de parentes das margaridas, íris e outras flores parece interminável.

Cercado pelo oceano na ponta sul do continente, o *fynbos* é um paraíso natural, mas está encurralado. À medida que a Terra esquentar, ele perderá metade de sua extensão até 2050.

Os diversos prados do sudoeste da Austrália contêm mais de 4 mil espécies de plantas florais. Com apenas meio grau de aquecimento, as 15 espécies de mamíferos e rãs exclusivas da região ficarão restritas a minúsculos hábitats ou serão extintas. E, no entanto, já sabemos que um aquecimento de meio grau é inevitável.

O aquecimento global não poderia ter vindo em uma época pior para a biodiversidade. No passado, sempre que ocorreram mudanças abruptas no clima, as árvores, as aves e os insetos podiam migrar através dos continentes. No mundo moderno, com 6,5 bilhões de seres humanos, tais movimentos não são possíveis. Hoje, a maior parte da biodiversidade está restrita aos parques nacionais e às florestas.

Devido à tendência de seca no oeste americano, à elevação dos mares e ao aumento das tormentas, o refúgio invernal dos pássaros nas praias da América do Norte se reduzirá de modo significativo. O aquecimento dos rios vai reduzir a população do salmão, enquanto no Atlântico Norte os peixes comercialmente valiosos já estão acompanhando as águas frias para baixo e para o norte.

Em 2005-2006, muitas dessas mudanças eram evidentes. O rio Frazer, em British Columbia, no Canadá, um dos mais importantes rios de desova do salmão, tinha estado quente demais para este peixe durante seis dos 15 anos anteriores. O aquecimento da água do mar na costa de British Columbia também levou a um colapso da população de pequenos crustáceos que formam a base da cadeia alimentar. Isto, por sua vez, levou à diminuição dos peixes e de outras formas de vida marinha, o que teve graves impactos para as criaturas maiores.

O pequeno tordo conhecido como Cassin's auklet é uma pequena ave marinha cuja maior colônia reprodutiva fica na ilha Triangle, em British Columbia. Em 2005, 1 milhão de aves se reúne para reproduzir lá, mas a escassez de alimento era tão grande que nenhum filhote sobreviveu. Um fracasso reprodutivo dessa magnitude nunca tinha sido registrado desde que, muitas décadas atrás, as aves começaram a ser monitoradas.

Observadores de baleias notaram que as baleias jubarte migrando costa abaixo de British Columbia em direção ao Havaí estavam "deformadas" pela inanição. Pouco tempo depois, mergulhadores que nadavam com as baleias em seus refúgios invernais perto do Havaí observaram perplexos enquanto elas tentavam se alimentar das águas pobres em nutrientes. Para um biólogo que assiste a tudo isso, a situação parece sinistramente semelhante à da rã dourada em 1987. A fauna do México será acuada pelo calor, pela seca e pelos eventos climáticos extremos, o que resultará em muitas extinções. Esses fatores também levaram botânicos a declarar que um terço das espécies de plantas da Europa enfrenta graves riscos.

Nas massas de terra menores, a situação é ainda pior. Muitas aves das ilhas do Pacífico serão levadas além de seus limites e haverá extinções de todas as formas de vida, das árvores aos insetos. O Parque Nacional Kruger, na África do Sul, é quase do tamanho de Israel, e no entanto está ameaçado de perder dois terços de suas espécies.

Imagine o que aconteceria se o clima de Washington ficasse mais parecido com o clima atual de Miami, e o de Sidney mais parecido com o de Cairns. Tente pensar no que isso significaria para as florestas, os pássaros e outros animais da região onde você vive. Você vai começar a ter uma ideia do quadro geral.

O quadro geral inclui as partes mais profundas dos oceanos. Até mesmo os peixes que vivem nesses lugares podem nos ensinar algo sobre a mudança climática. Quando biólogos marinhos trazem à tona bizarras criaturas das profundezas, os animais já chegam à superfície agonizando. Os corpos escuros dos diabos-marinhos de dentes protuberantes jazem inertes, sua luminescência lentamente se reduzindo a um bruxuleio. Predadores como o malacosteu ficam pálidos e vomitam sua última refeição, geralmente um peixe maior do que eles próprios. Em minutos eles param de se mover e seus olhos ficam vidrados.

Os cientistas costumavam dizer que a mudança de pressão os matara, pois nas profundezas em que essas criaturas vivem, a força da coluna de água com quilômetros de altura é tão intensa que um submarino seria esmagado em um instante. Como prova disso especialistas apontavam os poucos peixes de águas profundas que têm bexigas natatórias. Eles chegam à superfície completamente deformados, seus sacos de ar tão inflados pela expansão dos gases que o corpo parece prestes a explodir. Apesar dessa repulsiva evidência, agora sabemos que não é bem assim.

Em sua imaginação, cerre os dentes e pegue aquele diabo-marinho cabeludo que acabou de emergir de uma profundidade de 3 quilômetros. Acredite em mim, é o mais grotesco de todos os peixes. Então coloque seu corpo escuro, no formato de um saco coberto de filamentos em um balde cheio de água do mar gelada. Agora se afaste um pouco.

Em questão de minutos, a vitalidade voltará ao corpo da criatura, sua grande mandíbula cheia de presas vai morder e a "vara de pescar" cheia de filamentos que se projeta do espaço entre os olhos vai tremular. A vida do peixe, como você pode ver, não é ameaçada pela pressão, mas pelo calor. Nas profundezas do oceano onde ele vive a temperatura da água fica em torno de 0°C. Águas que nos matariam congelados em minutos são mortalmente quentes para esses peixes.

A estrutura dos oceanos é crucial para o nosso clima. Há três camadas, separadas por suas temperaturas. Nos aproximadamente 100 metros superficiais, as temperaturas variam enormemente; perto dos polos podem estar abaixo de 0°C, ao passo que no equador podem passar dos 30°C.

Conforme se aprofunda nesse mundo familiar e cheio de luz, o mercúrio do termômetro também desce. A cerca de 1 quilômetro de profundidade chegamos à zona das águas profundas dos oceanos, em que da base ao topo a temperatura é admiravelmente estável. Ela varia entre –5°C (pode estar abaixo do ponto de congelamento, mas não se transforma em gelo por causa do sal) e 4°C. A maior parte da água nesse reino de escuridão é exportada da Antártica, onde foi resfriada quase a ponto de congelar por correntes submarinas.

Se continuarmos a aquecer o planeta, os extraordinários habitantes das profundezas morrerão por causa do calor. Mas eles também enfrentam outro perigo, que se manifestará primeiro onde a água gelada das profundezas do oceano emerge perto dos polos. À medida que os oceanos absorvem mais CO_2 eles se tornam mais ácidos. O CO_2 reage com o carbonato presente nos oceanos, e o carbonato pode cair abaixo do nível em que pode ser usado por moluscos e crustáceos, como ostras, caranguejos e camarões. Conforme se torna impossível manter suas cascas protetoras, eles morrem.

Os cientistas costumavam pensar que o aumento da acidez não seria um grande problema por muitos séculos. Então em 2005 um novo estudo indicou que a situação se tornara bem pior. Águas perigosamente ácidas podem se desenvolver nas próximas décadas em regiões vulneráveis como o norte do oceano Pacífico. Essa é uma possibilidade realmente assustadora, porque a acidez danificaria gravemente o ecossistema do oceano e sua capacidade de nos fornecer comida.

Se quisermos que as futuras gerações conheçam o gosto de camarões e ostras, temos que limitar as emissões de CO_2 agora.

O problema da acidez, consequentemente, não tem relação com o aquecimento global. Então deveria ser muito preocupante até mesmo para aqueles que negam a realidade da mudança climática.

Se agirmos agora, podemos salvar muitas espécies, quer vivam nos oceanos quer vivam na terra. Alguns cientistas acreditam que, no grau mais baixo de aquecimento global inevitável — entre 0,8°C e 1,7°C —, cerca de 18% das espécies vivas estarão condenadas. Isso é uma em cada cinco espécies.

Na previsão de média intensidade — de 1,8°C a 2°C —, cerca de um quarto das espécies será extinto, enquanto na intensidade mais alta das temperaturas previstas (mais de 2°C), um terço das espécies desaparecerá.

Acredite ou não, esta é a notícia boa; nessa projeção se presumiu que as espécies poderão migrar. Mas que chance tem uma prótea de se dispersar através da planície costeira altamente povoada da Província do Cabo, na África do Sul, ou um mico-leão-dourado de cruzar os campos agrícolas que praticamente acabaram com a mata atlântica brasileira?

Para espécies que não conseguirem migrar a probabilidade de extinção dobra. Isso significa que, no extremo de temperaturas previstas, mais da metade (58%) de todas as espécies estarão condenadas à extinção.

Aparentemente, sem a ajuda humana, pelo menos uma de cada cinco criaturas vivas no planeta está condenada a desaparecer se persistirem os níveis atuais de gases do efeito estufa. Se não fizermos mudanças agora, é provável que três de cada cinco espécies estejam extintas no início do próximo século.

O World Wildlife Fund, o Sir Peter Scott Trust e a Nature Conservancy há décadas vêm trabalhando para salvar, em termos reais, relativamente poucas espécies. Agora serão milhares varridas pela maré da mudança climática, a menos que as emissões de gases do efeito estufa sejam reduzidas.

Precisamos nos lembrar disto: se agirmos agora, poderemos salvar pelo menos quatro de cada cinco espécies.

20

OS TRÊS PONTOS DE COLAPSO

Os cientistas conhecem três pontos de colapso para o clima da Terra: um retardamento ou um colapso total da Corrente do Golfo, o fim da floresta amazônica e a liberação dos metanos do fundo do mar.

Todos os três aparecem ocasionalmente nos mundos virtuais dos modelos de computador e existem alguns indícios geológicos de que todos já aconteceram na história da Terra. Dada a taxa atual e a direção da mudança, um, dois ou talvez os três possam acontecer neste século. Então, o que leva a essas mudanças súbitas, quais são os sinais de aviso, e como elas podem nos afetar?

CENÁRIO 1:

Colapso da Corrente do Golfo

A importância da Corrente do Golfo para os países que margeiam o Atlântico é enorme. Em 2003, o Pentágono encomendou um relatório delineando as implicações para a segurança nacional dos Estados Unidos no caso do colapso da Corrente do Golfo. O objetivo do relatório, como declararam seus autores, era "imaginar o inimaginável".

No imaginado por eles, a Corrente do Golfo se reduziria como consequência do acúmulo de água doce no Atlântico Norte, resultante do derretimento do gelo. Um lento aquecimento do planeta continuaria até 2010, e então aconteceria uma mudança drástica — "um portal mágico" que mudará abruptamente o clima do mundo.

A "previsão do tempo" do Pentágono para 2010 era de uma seca persistente em regiões agrícolas críticas, e uma queda nas temperaturas médias de mais de 3°C na Europa, um pouco menos de 3°C na América do Norte, e aumentos de 2°C na Austrália, América do Sul e no sul da África.

O relatório previa que os países não cooperassem diante do desastre: a fome em massa viria seguida de migração em massa. Regiões tão diversas quanto a Escandinávia, Bangladesh e o Caribe se tornariam incapazes de prover suas populações. Novas alianças políticas seriam constituídas na luta pelos recursos. E a guerra provável.

Em 2010-20, com as reservas de água e energia se esgotando, Austrália e Estados Unidos aumentarão a proteção das fronteiras, de modo a impedir a entrada das hordas de emigrantes da Ásia e do Caribe. A União Europeia poderá agir de duas maneiras, diz o relatório: ou se unificará, visando à proteção das fronteiras (para evitar a entrada dos escandinavos sem lar, entre outros), ou mergulhará no colapso e no caos devido a lutas internas.

Em 2004, o filme-catástrofe de Hollywood O *dia depois de amanhã* também imaginou as consequências de um possível colapso da Corrente do Golfo. Para efeito de impacto, as escalas de tempo para o colapso foram muito comprimidas no filme, e as mudanças, muito aumentadas em relação às imaginadas no relatório do Pentágono.

Enquanto isso, cientistas têm trabalhado para entender as consequências de um colapso da Corrente do Golfo para a biodiversidade como um todo. E elas *são* catastróficas. Se as correntes não mais carregarem oxigênio para as águas mais profundas, a produtividade biológica do Atlântico Norte vai declinar em 50%, e a produtividade oceânica no mundo inteiro se reduzirá em 20%.

Quais são as chances de a Corrente do Golfo desaparecer neste século? Quais seriam os sinais de alerta?

A Corrente do Golfo é a mais rápida corrente oceânica do mundo, e é complexa, espalhando-se em uma série de redemoinhos e subcorrentes à medida que suas águas se movem para o norte. O volume de água em seu fluxo é simplesmente espantoso. Você deve se lembrar de que as correntes oceânicas são medidas em *sverdrups*, e 1 *sverdrup* equivale a um fluxo de 1 milhão de metros cúbicos de água por segundo por quilômetro quadrado. Em média, o fluxo da Corrente do Golfo fica em torno de 100 *sverdrups*, que é cem vezes maior que o do rio Amazonas.

Em seu trecho norte, a Corrente do Golfo é muito mais quente que as águas que a circundam. Entre as ilhas Faroés, na Dinamarca, e a Grã-Bretanha, por exemplo, apresenta uma amena temperatura de 8°C, enquanto as águas ao seu redor estão a 0°C. A fonte de calor da Corrente do Golfo é a luz do sol tropical que incide no meio do Atlântico, e a corrente é um meio extremamente eficiente de transportá-la, pois o calor de um metro cúbico de água pode aquecer mais de 3 mil metros cúbicos de ar.

No Atlântico Norte, onde a Corrente do Golfo libera o seu calor, ela aquece o clima da Europa tanto quanto se a luz solar no continente fosse aumentada em um terço.

À medida que liberam seu calor, as águas da Corrente do Golfo afundam, formando uma grande queda-d'água no meio do oceano. Essa queda-d'água é a usina de força das correntes oceânicas de todo o planeta, mas a história nos mostra que ela já foi interrompida várias vezes.

A água doce interrompe a Corrente do Golfo, porque dilui sua salinidade, impedindo-a de afundar e assim provocando a interrupção da circulação oceânica no mundo inteiro. Vários *sverdrups* de água doce são necessários para abalar a corrente. Se o norte gelado derretesse poderia produzir essa potencial quantidade de líquido, e a isso devemos acrescentar o aumento das chuvas naquela região.

O Atlântico tropical está ficando mais salgado em todas as profundidades, enquanto o Atlântico polar, no norte e no sul, está ficando mais doce. A mudança deve-se ao aumento da evaporação no equador e ao aumento das chuvas nos polos. Quando mudanças semelhantes foram observadas em outros oceanos, os cientistas perceberam que alguma coisa — muito provavelmente a mudança climática — tinha acelerado as taxas mundiais de evaporação e precipitação nos oceanos entre 5% e 10%.

O aumento da salinidade tropical poderia levar a uma aceleração temporária da Corrente do Golfo antes de seu desaparecimento. Calor extra seria transferido para os polos, o que faria com que mais gelo derretesse até que água doce suficiente fluísse para o Atlântico Norte, fazendo o sistema entrar em colapso.

Com que rapidez isso aconteceria? Núcleos de gelo da Groenlândia indicam que, quando a Corrente do Golfo perdeu velocidade no passado, a ilha sofreu uma queda maciça de 10°C na temperatura no curto período de uma década. Presumivelmente mudanças tão rápidas também foram sentidas na Europa, embora nenhum registro preciso do clima tenha sobrevivido para nos contar.

É possível que, se a Corrente do Golfo sofrer uma desaceleração, essas quedas extremas de temperatura sejam sentidas na Europa e na América do Norte em alguns invernos.

E quando isso deve acontecer? Alguns climatologistas acham que já estão vendo os primeiros sinais do desaparecimento da corrente. Nem todos concordam — cientistas do Centro Hadley, na Inglaterra, avaliam que a possibilidade de uma grande ruptura na Corrente do Golfo neste século é de

5% ou menos. Sua maior preocupação é um acontecimento na Amazônia que pode ser ainda mais catastrófico.

CENÁRIO 2:

Colapso da Floresta Amazônica

Um dos modelos de computador do Centro Hadley é conhecido como Triffid (Top-down Representation of Interactive Foliage and Flora Including Dynamics). Ele sugere que, à medida que a concentração de CO_2 atmosférico aumentar, as plantas — principalmente na Amazônia — vão começar a se comportar de forma incomum.

As plantas da Amazônia efetivamente criam a própria chuva — o volume de água que transpiram é tão vasto que forma nuvens, cuja umidade cai novamente na forma de chuva, apenas para ser transpirada de novo e de novo.

Mas o CO_2 faz coisas curiosas com a transpiração das plantas. Elas, é claro, em geral não querem perder o seu vapor d'água, já que se esforçaram para levá-lo das raízes às folhas. Inevitavelmente elas perdem algum vapor sempre que abrem os orifícios de respiração (estômatos) de suas folhas. Elas abrem seus estômatos para obter CO_2 da atmosfera, e os mantêm abertos só pelo tempo necessário.

Assim, conforme os níveis de CO_2 aumentam, as plantas da floresta amazônica mantêm seus estômatos abertos por menos tempo, e a transpiração é reduzida. E com menos transpiração haverá menos chuva.

O Triffid indica que, por volta de 2100, os níveis de CO_2 terão aumentado a ponto das chuvas na Amazônia serem reduzidas de modo drástico, e 20% desse declínio poderá ser atribuído aos estômatos fechados. O resto do declínio, prevê o modelo, será causado por uma seca persistente que se desenvolverá com o aquecimento do planeta.

A média atual de chuva na Amazônia, que é de 5 milímetros por dia, será reduzida para 2 milímetros por dia em 2100, enquanto no nordeste ela cairá para quase zero. Essas condições, combinadas com um aumento geral na temperatura de 5,5°C, vão fazer com que o colapso da floresta se torne inevitável. Uma pequena mudança na temperatura é capaz de transformar os solos, que absorvem o CO_2, em produtores em larga escala. Conforme os solos se aqueçam, a decomposição vai se acelerar e grandes quantidades de CO_2 serão liberadas. Isso é um clássico exemplo de retroalimentação positiva, o aumento da temperatura levará diretamente a um grande aumento de CO_2 na atmosfera, o que elevará ainda mais a temperatura. Com a perda da cobertura das florestas tropicais, os solos se aqueceriam e decomporiam mais rapidamente, o que levaria à emissão de ainda mais CO_2.

Isso significa um grande abalo no ciclo do carbono. A armazenagem de carbono na vegetação viva cairia 35 gigatoneladas, e no solo em 150 gigatoneladas. Esses números são impressionantes — totalizam cerca de 8% de todo o carbono armazenado na vegetação e nos solos do mundo!

O resultado final dessa série de círculos de retroalimentação positiva seria que, em 2100, a atmosfera da Terra teria perto de mil partes por milhão de CO_2. Lembre-se de que com o nível atual de 380 partes por milhão, precisamos agir agora para impedir que ele atinja 550 partes por milhão. Esse modelo prevê devastação na bacia amazônica. Elevação na temperatura de 10°C. A maior parte da cobertura de árvores ser substituída por capim, arbustos, e na melhor das hipóteses uma savana com algumas árvores sobreviventes. As áreas maiores se tornariam tão quentes e ensolaradas que não poderiam suportar nem mesmo essa vegetação reduzida, e assim se transformariam em desertos.

Quando tudo isso vai acontecer? Se o modelo estiver correto, devemos começar a ver sinais do colapso da floresta em 2040.

No final deste século o processo deve estar concluído. Metade da região desflorestada será coberta pelo capim, a outra metade se tornará um deserto.

O mais terrível nesse cenário é que a mudança climática na Amazônia vai acelerar bastante a mudança climática global.

CENÁRIO 3:

Liberação do metano dos solos marinhos

Clatrato é a palavra em latim para "enjaulado", e o nome se refere à estrutura dos cristais de gelo que aprisionam as moléculas de metano. Os clatratos também são conhecidos como "o gelo que queima". Eles contêm um bocado de gás sob alta pressão, motivo pelo qual pedaços da substância chiam e estalam, e, quando trazidos para a superfície, se forem acesos, queimam.

Volumes maciços de clatratos encontram-se enterrados no leito dos oceanos no mundo inteiro — totalizando talvez o dobro em termos de energia do que todos os outros combustíveis fósseis combinados. O material é mantido sólido apenas pela pressão da água fria acima dele. Há grandes volumes de clatratos no oceano Ártico, onde as temperaturas são baixas o bastante, mesmo perto da superfície, para mantê-los estáveis.

É ilustrativo da infinita engenhosidade da vida que alguns vermes marinhos consigam sobreviver alimentando-se do metano nos clatratos. Eles vivem em buracos dentro da matriz de gelo, que cavam para satisfazer suas necessidades energéticas. Existem entre 10 e 42 mil trilhões de metros cúbitos do material espalhados pelo leito oceânico, comparados com os 368 trilhões de metros cúbitos de gás natural recuperável no mundo. Não surpreende que, tanto os vermes quanto a indústria dos combustíveis fósseis, vislumbrem um futuro neste estranho material.

Se a pressão sobre os clatratos for aliviada, ou se aumentar a temperatura dos oceanos profundos e do Ártico, quantidades colossais de metano serão liberados. Paleontólogos começam a suspeitar de que a liberação de clatratos pode ter sido responsável pela maior extinção de todos os tempos, há 245 milhões de anos.

Nessa época, cerca de nove em cada dez espécies sobre a Terra se extinguiram. Conhecido como evento de extinção permotriássica, ele acabou com uma primeira ramificação de criaturas semelhantes a mamíferos, abrindo assim o caminho para o domínio dos dinossauros.

Muitas pessoas acreditam que a causa da extinção tenha sido uma erupção maciça dos vulcões dos *traps* siberianos (a maior área de basalto expelido que se tem notícia), que expeliu lava, CO_2 e dióxido de enxofre. Isso teria levado a um aumento médio global de temperatura de 6°C e uma chuva ácida generalizada, o que liberaria ainda mais carbono. O impacto da elevação da temperatura foi tamanho que provocou a liberação de um imenso volume de metano da tundra e dos clatratos do solo oceânico. A potência explosiva de mudança climática estaria além da imaginação.

Dois desses cenários — a morte da Amazônia e a liberação dos clatratos — envolvem elos de retroalimentação positiva, em que as mudanças se alimentam para produzir outras mudanças ainda maiores. Mas existe outro elo de retroalimentação positiva que já está ocorrendo e pode provocar mudanças ainda maiores.

Ao longo de nossa história, temos travado uma batalha constante para manter uma temperatura corporal confortável, o que tem nos custado muito em termos de tempo e energia. Pense só nas centenas de pequenas mudanças na posição do corpo e na postura que fazemos a cada dia e noite, retirando e colocando casacos e chapéus. Comprar uma casa, nossa maior despesa pessoal, se relaciona primariamente com a regulação de nosso clima local. Nos Estados Unidos, 55% do total do consumo doméstico de energia é dedicado ao aquecimento doméstico e aos ar-condicionados. O aquecimento das casas custa aos americanos 44 bilhões de dólares por ano.

À medida que nosso mundo se torna mais desconfortável por causa da mudança climática, aumenta a demanda por aparelhos de ar-condicionado. Na verdade, durante as ondas de calor eles podem representar a diferença entre vida ou morte. Mas, a menos que mudemos nossas formas de produzir eletricidade, esta demanda será alimentada pelos combustíveis fósseis, o que representa um poderoso elo de retroalimentação positiva.

Conforme o aquecimento global se acelerar, nos encerraremos em casa, agarrados ao controle remoto do sistema de aclimatação, liberando ainda mais gases do efeito estufa. Já há uma demanda insaciável por aparelhos de ar-condicionado em países como os Estados Unidos e a Austrália, onde, até recentemente, as normas de construção de casas eram desanimadoramente descuidadas em relação ao consumo de energia.

Será que, a fim de refrescar nossos lares, acabaremos por cozinhar o planeta? Será que o ar-condicionado vai ser uma das causas do colapso da Amazônia ou da interrupção da Corrente do Golfo?

21

O FIM DA CIVILIZAÇÃO?

Nossa civilização ergue-se sobre dois fundamentos: nossa capacidade de produzir comida para sustentar um grande número de pessoas que se dedicam a outras tarefas que não a produção do alimento; e nossa capacidade de viver em grupos grandes o bastante para sustentar grandes instituições como os parlamentos, as cortes de Justiça, as escolas e universidades.

Esses grupamentos são conhecidos como cidades, e é de seus habitantes, os cidadãos, que deriva a civilização.

Hoje, grandes cidades estão no coração da nossa sociedade global. Elas podem ser enormes, mas são entidades frágeis, e precisam de subsídios de fora para suprir suas necessidades básicas — comida, água e energia.

Nossas cidades se tornaram semelhantes às florestas tropicais em sua complexidade.

Numa cidade, quase todos os trabalhos são especializados. Ser apenas uma "secretária" não é mais suficiente — é preciso ser uma secretária jurídica ou uma secretária médica, ou algo assim. E um médico se sai melhor se for especialista em medicina esportiva, proctologista ou geriatra. Isso é o equivalente, em termos humanos, a ser uma espécie da floresta tropical como um cuscus matanim ou uma rã dourada. Somente nas florestas tropicais existe um suprimento de energia e umidade grande e regular o suficiente para alimentar criaturas tão especializadas.

Como já vimos, se cortarmos a água e a luz do sol de uma floresta tropical, mesmo que por um breve período, ela entrará em colapso e determinadas espécies se extinguirão. Agora vamos fazer uma experiência mental. Pense em uma cidade que você conhece e imagine como seria se seus cidadãos acordassem uma manhã e descobrissem que não sai água potável das torneiras. As roupas não seriam lavadas, as descargas nos banheiros não funcionariam, a sujeira se acumularia e as pessoas ficariam sedentas rapidamente. Imagine o que aconteceria se o fornecimento de gasolina fosse interrompido. A comida não seria entregue, o lixo não seria recolhido e as pessoas não conseguiriam chegar ao trabalho.

A mudança climática pode ameaçar os recursos necessários para a sobrevivência das cidades? O físico Stephen Hawking tem dito que, dentro de mil anos, o aumento do CO_2 vai ferver a superfície do nosso planeta e o homem terá que procurar refúgio em outro lugar. Essa é uma visão extremada. Mais de acordo com o pensamento predominante estão os pontos de vista de Jared Diamond, autor do bestseller *Colapso*. Ele descobriu que o esgotamento dos recursos é o principal motivo do fracasso até mesmo de sociedades complexas e cultas como a dos maias na América Central.

Uma rápida mudança para outro tipo de clima poderia colocar a nossa sociedade global sob pressão semelhante, pois alteraria a localização das fontes de água e comida, assim como seu volume.

As mudanças climáticas podem intensificar a variabilidade do clima, tornando difícil prever como vai se comportar em curto e longo prazo. Um bom exemplo de relação entre variabilidade climática e tamanho da população humana é a Austrália. Ela é única entre as grandes nações por ser constituída ou de povoados muito pequenos ou de grandes cidades. Quase não há cidades de tamanho médio, que predominam no restante do mundo. Isso é uma consequência do ciclo de seca e inundações que caracteriza seu clima.

Os pequenos centros regionais de população na Austrália sobreviveram porque foram capazes de suportar a seca, e as grandes cidades também sobreviveram porque estão integradas à economia global. As cidades de médio porte, no entanto, são vulneráveis. Em geral, o que acontece é que, conforme a seca se prolonga, os vendedores de máquinas para fazendas e as revendedoras de automóveis fecham as portas. Então, o farmacêutico, o vendedor de livros e os bancos vão embora. Quando a seca termina e as pessoas voltam a ter dinheiro, esses negócios não se restabelecem. Em vez disso, as pessoas passam a viajar até os grandes centros para comprar o que precisam, e com o tempo acabam se mudando para lá.

A Austrália é a nação mais urbanizada da Terra: a porcentagem de sua população que vive em cidades é maior que em qualquer outro lugar do mundo.

O exemplo australiano mostra que a variabilidade do clima de fato encorajou a formação de cidades. Mas a única razão de as cidades australianas serem refúgios contra a variabilidade do clima é que extraem seus recursos de uma região maior que a afetada pelas secas e enchentes do continente.

A mudança climática, porém, é um fenômeno global: toda a Terra será afetada por ela e por eventos meteorológicos extremos de amplitude ainda maior, e as cidades australianas não escaparão disso.

A água será o primeiro dos recursos críticos a serem atingidos, pois ela é pesada, tem um preço baixo e transportá-la por grandes distâncias não é lucrativo. A maioria das cidades retira seu suprimento localmente, em áreas pequenas o bastante para uma mudança climática amena já produzir um impacto. O alimento, como os grãos, por exemplo, é facilmente transportado e costuma ser comprado bem longe, o que significa que só um colapso verdadeiramente global provocará escassez de alimento nas cidades do mundo.

Nos últimos dez anos, secas e verões anormalmente quentes têm provocado queda ou estagnação na produção mundial de grãos, e nesse período o número de bocas extras para alimentar cresceu em 800 milhões. Até agora, temos conseguido lidar com esses impactos relativamente modestos da mudança climática.

No que se refere à mudança climática, as cidades se parecem mais com plantas do que com animais: são imóveis e dependem de intrincadas redes para o fornecimento da água, comida e energia de que necessitam. Devíamos nos preocupar com o fato de que florestas inteiras já estejam morrendo como resultado da mudança climática, pois as cidades também começarão a morrer quando esse fenômeno esgotar a capacidade das redes de suprir suas necessidades. Isso pode acontecer por meio de repetidos golpes de eventos meteorológicos extremos, elevação dos mares, aumento de tempestades, ondas de calor ou frio extremos, escassez de água ou enchentes, ou mesmo doenças. E esquecemos que nossa civilização global é conectada pelo comércio marítimo, e esse comércio depende de portos que podem ser inutilizados pela elevação dos oceanos.

Poderia chegar o dia em que as torneiras ficarão secas, a energia, a comida e o combustível não estejam mais disponíveis em muitas das cidades do mundo?

Se experimentarmos mudanças climáticas abruptas, é possível que um inverno rigoroso e quase eterno baixe sobre as cidades da Europa e do leste da América do Norte, matando as plantações e congelando portos, estradas e seres humanos. Ou talvez o calor extremo, trazido por uma vasta emissão de CO_2 ou metano, venha a destruir a produtividade dos oceanos e da terra.

A espécie humana, é claro, sobreviveria a tal colapso, pois muitos persistiriam em comunidades menores e mais resistentes, como vilas e fazendas — uma situação que se assemelharia às florestas temperadas decíduas em vez das florestas tropicais. Pequenas cidades têm relativamente poucos habitantes, assim como as florestas temperadas têm, relativamente, poucas espécies, e os residentes de ambas são resistentes e possuem muitas habilidades. Pense no bordo com seu aspecto esquelético no inverno e seu visual verdejante no verão, ou na casa de campo com sua horta e seu próprio reservatório de água. Essas características significam que tanto o bordo quanto a família rural podem suportar períodos de escassez que destruiriam uma cidade ou uma floresta tropical.

A saúde humana e o fornecimento de água e de comida estão ameaçados pelo pouco de mudança climática que já aconteceu.

Se o homem persistir em suas práticas atuais durante a primeira metade deste século, creio que o colapso da civilização provocado pela mudança climática será inevitável.

Por que fizemos tão pouco em relação ao aquecimento global? Há algumas décadas sabemos que a mudança climática que estamos criando para o século XXI tem uma magnitude semelhante à do final da última era do gelo, só que está acontecendo trinta vezes mais rápido. Sabemos que a Corrente do Golfo desapareceu em pelo menos três ocasiões no fim da última era do gelo, que o nível do mar subiu pelo menos 100 metros e que a agricultura era impossível antes do Longo Verão de 10 mil anos atrás.

Qual é a razão para a nossa cegueira? Será uma relutância em olhar de frente para tamanho horror e dizer: "Você é minha criação?"

Parte IV

PESSOAS EM ESTUFAS

22

A HISTÓRIA DO OZÔNIO

Uma geração de crianças cresceu sabendo que há um buraco na camada de ozônio, razão por que é tão importante usar filtro solar, óculos escuros e chapéu no verão. Isso é algo que não tem a ver com o aumento dos níveis de CO_2, mas a história do ozônio mostra como podemos cooperar internacionalmente para resolver grandes problemas ambientais.

Então, o que exatamente é o ozônio e por que ele é importante? O gás que mantém vivo o seu corpo consiste em dois átomos unidos de oxigênio, mas lá em cima, na estratosfera, de 10 a 50 quilômetros acima de nossas cabeças, a radiação ultravioleta ocasionalmente força um átomo extra de oxigênio a se juntar à dupla. O resultado é um gás azul da cor do céu conhecido como ozônio.

O ozônio é instável. Ele está sempre perdendo o seu átomo adicional, mas novos trios continuam sendo criados pela luz do Sol. Isso significa que uma quantidade constante é mantida — cerca de 10 partes por milhão (uma em cada 100 mil moléculas) — numa estratosfera não danificada. Se todo o ozônio estratosférico do planeta fosse trazido para o nível do mar, formaria uma camada de apenas 3 milímetros de espessura.

O ozônio é o protetor solar da Terra. Ele nos protege de 95% da radiação ultravioleta que chega aqui.

Sem o alto fator de proteção solar do ozônio, a radiação ultravioleta nos mataria rapidamente, desfazendo nosso DNA e quebrando outras ligações químicas dentro de nossas células.

A destruição da camada de ozônio começou muito antes de alguém ter consciência dela. Em 1928, químicos industriais inventaram o CFC (clorofluorcarbono) e o HFC (hidrofluor-carbono). Essas invenções foram muito úteis na refrigeração, na fabricação de espuma plástica, como propelentes em latas de aerossol e em aparelhos de ar-condicionado. Sua notável estabilidade química (eles não reagem com outras substâncias) deixou as pessoas confiantes de que haveria poucos efeitos colaterais ambientais.

Em 1975, só as latas de aerossol lançavam 500 mil tone-ladas do material na atmosfera, e em 1985 o uso global dos principais tipos de CFC chegou a 1,8 milhão de toneladas. Foi sua estabilidade, contudo, o fator principal no dano que causaram, pois eles permanecem um longo tempo na atmosfera.

É o cloro nos CFCs que é tão destrutivo para o ozônio. Um único átomo pode destruir 100 mil moléculas de ozônio, e sua capacidade destrutiva é maximizada em temperaturas abaixo de −43°C. Foi por isso que o primeiro buraco do ozônio surgiu sobre o polo Sul, onde a estratosfera se encontra a frígidos −62°C.

Pesquisadores descobriram que os CFCs tinham elevado os níveis de cloro na estratosfera cinco vezes acima do normal.

O buraco que abriram na camada de ozônio deixou as pessoas que viviam ao sul dos 40° de latitude expostas a um grande aumento na incidência do câncer de pele. Isso inclui as pessoas que viviam no sul do Chile e da Argentina, na Tasmânia e na ilha sul da Nova Zelândia.

A 53°S, Punta Arenas, no Chile, é a cidade mais ao sul em toda a Terra. Desde 1994 as taxas de incidência de câncer de pele na cidade subiram 66%. Mesmo próximo ao equador — e mais perto dos grandes centros populacionais —, as mudanças na incidência do câncer são evidentes. Nos Estados Unidos, por exemplo, a chance de uma pessoa ter um melanoma era de 1 em 250 há apenas 25 anos. Hoje, é de 1 em 84.

A radiação ultravioleta também causa danos ao sistema imunológico e aos olhos. Os pesquisadores estimam que, para cada 1% de decréscimo na concentração de ozônio, os homens — e tudo o mais que tiver olhos — experimentarão um aumento de 0,5% na incidência de cataratas. Quando as pessoas sofrem de catarata, o cristalino de seus olhos fica opaco, o que leva à cegueira. Como 20% das cataratas são devidas ao dano pelo ultravioleta, a taxa de cegueira provocada por catarata deve subir rapidamente, sobretudo entre os que carecem de meios para se proteger.

Os impactos do aumento de raios ultravioleta também serão sentidos no ecossistema. As plantas unicelulares microscópicas que formam a base da cadeia alimentar dos oceanos serão severamente afetadas pelos raios ultravioleta, assim como as larvas de muitos peixes, das anchovas às cavalas. De fato, qualquer criatura que cresça no espaço aberto está correndo risco. Nem a agricultura escapa a seus efeitos. A produtividade de determinadas colheitas, como ervilhas e feijões, por exemplo, diminui de 1% para cada 1% extra de radiação ultravioleta recebida.

A partir dos anos 1970, os pesquisadores começaram a alertar para a calamidade que estava prestes a acontecer no mundo, mesmo que ainda não tivessem provas de relação entre o CFC e a destruição da camada de ozônio. As imagens coloridas do buraco do ozônio mostradas nas telas dos televisores do mundo inteiro convenceram milhares de pessoas da necessidade de agir, ainda que apenas por precaução. Os políticos foram bombardeados com cartas pedindo que os produtos com CFC fossem banidos.

A DuPont era a principal empresa responsável por sua fabricação, e ela e outros produtores lançaram uma maciça campanha publicitária destinada a desacreditar a ligação entre seus produtos e o problema do ozônio.

Todavia, a preocupação do público continuou grande. Apesar dos protestos da indústria sobre os custos, representantes de vários países encontraram-se em Montreal, em 1987, e assinaram o Protocolo no qual concordaram em abandonar os produtos químicos nocivos. Naquele ano, a prova científica definitiva da ligação entre o CFC e o buraco na camada de ozônio foi apresentada.

Hoje sabemos quão importante foi o Protocolo de Montreal. Se ele não tivesse sido aprovado, em 2050 as latitudes médias do hemisfério Norte (onde a maioria dos humanos vive) teriam perdido a metade de sua proteção contra os raios ultravioleta, enquanto latitudes equivalentes no hemisfério Sul teriam perdido 70%. Mas em 2001 o Protocolo tinha limitado o dano real a cerca de 1/10 disso.

Nem todos os países aderiram inicialmente ao Protocolo de Montreal. A China ainda fabrica CFCs como gases propelentes nos aerossóis de Inaladores de Dose Medida e pretende deixar de produzir o gás até 2016. A produção é limitada porque os novos substitutos são muito melhores.

Em 2004 o buraco do ozônio sobre a Antártica tinha diminuído 20%. Como o tamanho do buraco muda de ano para ano, ainda não podemos ter certeza de que esse decréscimo sinaliza o fim do problema. Não obstante, os cientistas estão otimistas de que em cinquenta anos a camada de ozônio terá voltado à sua espessura original.

O Protocolo de Montreal foi a nossa primeira vitória contra um problema de poluição global.

Certamente, diante de um sucesso desses, as nações da Terra teriam sido estimuladas a usar um mecanismo semelhante para reduzir o aquecimento global. No início houve um grande entusiasmo em relação a um tratado internacional para limitar as emissões dos gases do efeito estufa. Em 1997 os líderes de várias nações se reuniram na cidade japonesa de Kyoto para chegar a um acordo. O encontro prometeu muito. Então, o que aconteceu?

23

O CAMINHO PARA KYOTO

O Protocolo de Kyoto é quase tão famoso quanto o buraco na camada de ozônio. Ele estabeleceu metas modestas por redução das emissões de CO_2 de cerca de 5%. Mas quatro nações — Estados Unidos, Austrália, Mônaco e Liechtenstein — se recusaram a ratificá-lo, o que os forçaria a aceitar suas regras, e ele foi asperamente contestado. Por quê?

Fornecer energia pode gerar muitos lucros. No mundo desenvolvido, a utilização da energia está crescendo à taxa de 2% ao ano ou menos. Com taxas de crescimento tão baixas, o único meio de um setor (como vento, gás ou carvão) crescer é tomar parte do outro setor. Kyoto terá uma grande influência no resultado dessa disputa, e uma luta furiosa está acontecendo entre os vencedores e perdedores em potencial.

O Protocolo de Kyoto também é um grande divisor de águas, colocando de um lado aqueles que estão certos de que ele é essencial para a sobrevivência da Terra, e do outro aqueles que se opõem ferozmente por motivos econômicos e políticos. Muitos neste último grupo acham que Kyoto não tem uma postura política realista e é economicamente equivocado. Outros acreditam que toda a questão da mudança climática é besteira.

Kyoto está em seus estágios iniciais, mas, apesar das controvérsias, está claro que ele vai influenciar todas as nações pelas próximas décadas.

O caminho para Kyoto começou em 1985 com uma conferência científica em Villach, na Áustria, que produziu a primeira avaliação séria da magnitude da mudança climática que o mundo enfrenta. Na ECO-92, evento realizado no Rio naquele ano, 155 nações assinaram a Convenção das Nações Unidas para a Mudança Climática, a qual estabeleceu o ano 2000 como a data para os países signatários reduzirem suas emissões aos níveis de 1990. Esse objetivo, como vemos agora, era demasiado otimista.

Depois de cinco anos de longas negociações, em dezembro de 1997, os signatários da Convenção da ONU se reuniram em Kyoto e chegaram a um novo entendimento sobre a redução das emissões. O Protocolo de Kyoto tinha que ser ratificado por todos os países. Ele estabeleceu dois fatores importantes: limites para a emissão de gases do efeito estufa para os países desenvolvidos e acordos para a troca das emissões dos seis mais importantes gases do efeito estufa, uma troca avaliada agora em 10 bilhões de dólares.

A negociação de emissões criou uma nova moeda — uma espécie de "dólar do carbono".

Os objetivos permitiam que os países criassem orçamentos de carbono para si mesmos. Ao negociar com o carbono —

ou seja, pagar pelo direito de poluir —, as indústrias podem reduzir suas emissões de forma efetiva em termo de custos. Elas podem ganhar créditos de carbono ao reduzir suas emissões, e vender esses créditos a indústrias mais poluidoras. As empresas que reduzem as emissões são recompensadas, e os produtos das empresas que continuam a poluir se tornam mais caros.

Parece um esquema razoável, no entanto, só no final de 2004, sete anos depois do acordo inicial, um número suficiente de países assinou o tratado e o colocou em vigor. Os Estados Unidos e a Austrália se recusaram a ratificá-lo, embora fizessem parte do acordo de Kyoto.

A crítica mais dura a Kyoto talvez seja a de que é um tigre desdentado. Seu objetivo é uma redução das emissões entre 1990 e 2012 de apenas 5,2%. A aceleração da mudança climática é tal que torna esse objetivo quase irrelevante.

Se pretendemos estabilizar o nosso clima, os objetivos de Kyoto precisam ser aumentados 12 vezes: cortes de 70% das emissões em 2050 são necessários para manter o CO_2 atmosférico no dobro dos níveis pré-industriais de 1800. Esse será o desafio para as futuras fases do tratado.

O Protocolo estabelece objetivos diferentes para os países participantes que variam entre 92% e 110%. Embora tenham ratificado o tratado, países em desenvolvimento como a China e a Índia foram dispensadas dos cortes nas emissões na primeira fase do tratado (até 2012).

A questão torna-se complexa quando a economia dos países é levada em consideração. As nações do Leste Europeu, por exemplo, sofreram um colapso econômico desde 1990 e estão produzindo 25% menos CO_2 do que naquela época Como os seus limites estabelecidos pelo Protocolo de Kyoto são de 8% menos do que os níveis de 1990, eles têm créditos de carbono valiosos para negociar.

Esses créditos, que não contribuem em nada para diminuir a mudança climática nos países que os adquirem, são conhecidos como "ar quente". Eles constituem um desperdício de dólares e uma oportunidade perdida de reduzir as emissões. Muitos economistas afirmam que países ex-comunistas não deveriam receber um fluxo contínuo de dólares de carbono unicamente por causa de sua *performance* econômica ruim.

Como objetivo do primeiro período do tratado até 2012, a União Europeia tem uma meta de carbono de 8% menos do que foi emitido em 1990 e os Estados Unidos de 7% menos. A Austrália, por outro lado, tem uma meta 8% *maior* que o emitido naquela época. Só a Islândia se saiu melhor que isso, conseguindo um aumento de 10%. Será que esse foi um resultado justo, e como ele foi conseguido?

A Austrália tem a maior emissão *per capita* de gases do efeito estufa de todos os países industrializados — 25% mais alta que a dos Estados Unidos.

A delegação australiana que foi a Kyoto argumentou que as circunstâncias especiais da Austrália — que incluem uma pesada dependência dos combustíveis fósseis, necessidades especiais de transporte (por ser um continente muito grande e pouco povoado) e um setor de exportação de energia intensiva — faziam com que a meta estabelecida em Kyoto fosse alta demais, e portanto eram necessárias concessões.

Noventa por cento da eletricidade da Austrália são gerados pela queima do carvão. Isso é mais uma questão de escolha que de necessidade. A Austrália também tem 28% do urânio do mundo e a melhor fonte de energia geotérmica do planeta, em que a energia é obtida da água superaquecida enterrada em rochas da crosta terrestre. Além disso, há superabundância de recursos solares e eólicos de alta qualidade. A preocupação com a mudança climática vem sendo debatida no país há trinta anos. À nação continuar dependendo do carvão parece o resultado de decisões econômicas erradas. Algum país deveria ser recompensado por isso?

O argumento do transporte também é fraco. A Austrália é vasta, mas sua população é extremamente urbanizada, assim 60% do combustível para transporte são usados em áreas urbanas. E quanto às exportações de energia intensiva, a Austrália não está mais exposta que a Alemanha, o Japão ou a Holanda — todos fortes defensores do Protocolo de Kyoto.

Nenhum consenso tinha sido alcançado até o momento previsto para o fim das negociações, em 1997, e o relógio da conferência parou à meia-noite enquanto os delegados argumentavam madrugada adentro. Quando o texto foi lido pela última vez, o senador Robert Hill, líder da delegação australiana, se levantou e apresentou uma nova questão: no caso da Austrália, o desmatamento devia ser considerado.

Seu raciocínio era que, ao proteger as florestas, a Austrália estava armazenando CO_2. E, como o desmatamento tinha diminuído desde o ano-base de 1990, isso era equivalente ao "ar quente" do Leste Europeu, o que faria com que a Austrália concordasse com o Protocolo de Kyoto sem ter que fazer nada para minimizar suas emissões de dióxido de carbono. Diante da possibilidade de concordar com o pedido ou ver o acordo desmoronar, os delegados aceitaram fazer a concessão.

O senador Hill foi parabenizado quando voltou à Austrália, e no entanto seu país continuou se recusando a assinar o Protocolo, enquanto afirmava que atingiria suas metas do mesmo modo! É fácil se irritar com essa abordagem interesseira e confusa das negociações.

A recusa da Austrália de ratificar o Protocolo era ruim para os negócios. O Japão — comprador de carvão da Austrália — deveria comprar créditos para compensar as emissões resultantes da queima desse carvão. Mas, como a Austrália não havia ratificado o Protocolo, nenhum crédito seria criado lá. Em vez disso, o benefício dos créditos iria para um terceiro país — talvez a Nova Zelândia, que havia ratificado o tratado.

Os que defendem a nova moeda argumentam que o comércio do carbono pode reduzir drasticamente os custos do cumprimento das metas de emissão. E o uso de um comércio de emissões como ferramenta para diminuir a poluição tem um bom antecedente. O sistema foi inventado nos Estados Unidos em 1995, para enfrentar a poluição pelo dióxido de enxofre resultante da queima do carvão. Ele se mostrou muito bem-sucedido e foi adotado por vários poluidores.

É assim que o comércio de emissões funciona: um centro regulador impõe a necessidade de uma licença para o poluente e limita o número de licenças disponíveis. As licenças são concedidas em uma base proporcional aos poluidores, ou vão a leilão. Emissores que terão um alto custo para reduzir sua poluição irão portanto comprar licenças daqueles que podem fazer a transição com mais facilidade. Os benefícios do sistema incluem a transparência e a facilidade de administração, o preço baseado no mercado que ele cria, as oportunidades de novos empregos e produtos geradas, e a diminuição do custo da redução dos poluentes.

Para aqueles que insistem em abandonar o Protocolo ou que o criticam, há duas questões: o que eles propõem para substituí-lo e como propõem para garantir um amplo acordo internacional alternativo? Até agora essas perguntas continuam sem resposta.

O Protocolo de Kyoto é o único tratado internacional vigente para combater a mudança climática.

24

CUSTO, CUSTO, CUSTO

Os governos dos Estados Unidos e da Austrália dizem que se recusam a ratificar Kyoto porque isso seria muito caro. Uma economia forte, acreditam, oferece a melhor garantia contra todos os choques futuros, e ambos se mostram hesitantes em fazer qualquer coisa que possa retardar o crescimento econômico.

A redução de emissões necessária para cumprir a primeira meta de Kyoto até 2012 será modesta. Isso deveria nos assegurar de que o cumprimento do Protocolo não vai levar nossos países à ruína. Ele pode até ser benéfico para a economia, ao direcionar os investimentos para uma nova infraestrutura.

Mas para tomar uma decisão bem-fundamentada sobre Kyoto — ou propostas mais radicais —, precisamos saber o custo de não fazer nada. Nem o governo dos Estados Unidos nem o da Austrália fizeram este cálculo.

O Centro Nacional de Dados Climáticos dos Estados Unidos lista 17 eventos climáticos ocorridos entre 1998 e 2002, que custaram mais de 1 bilhão de dólares cada. Eles incluem secas, enchentes, temporadas de incêndios, tempestades tropicais, chuvas de granizo, tornados, ondas de calor, tempestades de gelo e furacões. O mais dispendioso, com um custo de 10 bilhões de dólares, foi a seca de 2002. Todos esses eventos, é claro, não são nada comparados aos custos gerados pelos furacões Rita e Katrina.

O custo de não fazer nada em relação à mudança climática é enorme.

Durante as últimas quatro décadas a indústria de seguros tem sofrido o impacto dos prejuízos resultantes de desastres naturais. O impacto do El Niño de 1998 oferece um ótimo exemplo. Nos primeiros 11 meses apenas daquele ano, os prejuízos relacionados com o clima totalizaram 89 bilhões de dólares, com a morte de 32 mil pessoas e 300 milhões de desabrigados. Isso foi mais do que o total de prejuízos sofridos em toda a década de 1980.

Desde a década de 1970, as perdas das seguradoras têm aumentado a uma taxa em torno de 10% ao ano, chegando a 100 bilhões de dólares em 1999. Essa taxa de aumento implica que, por volta de 2065, a conta dos prejuízos resultantes da mudança climática vai igualar-se ao valor total de tudo o que a humanidade produz ao longo de um ano.

Em algum momento neste século vai chegar o dia em que as influências humanas sobre o clima vão suplantar todos os fatores naturais. Não poderemos mais falar em atos climáticos divinos, porque qualquer um de nós poderia ter previsto as consequências do que estamos fazendo com o nosso clima ao continuar as emissões de CO_2. Nosso sistema legal vai ter que decidir de quem é a culpa pelas ações humanas resultantes do novo clima.

Na verdade isso já começou. Em 2004, os inuítes, cuja população soma 155 mil indivíduos, solicitou à Comissão Interamericana de Direitos Humanos um parecer sobre os danos que o aquecimento global está causando a eles.

Imagine, por um momento, que você seja um adolescente inuíte vivendo no Ártico. Você está vivenciando uma mudança climática duas vezes mais rápida que a média do restante do planeta. Os homens jovens que dirigem os caminhões que levam suprimentos vitais para povoados remotos pelas "estradas de gelo" estão caindo dentro dos lagos, pois a fina camada de gelo cede sob o peso. No inverno de 2005-2006, cinco morreram assim, o que levou os anciãos inuítes a dizer que a mudança climática está agora matando os homens jovens do povo. Sua comida tradicional — focas, ursos e caribus — está desaparecendo, e sua terra, em alguns trechos, cede sob seus pés. O que você faria?

O vilarejo alasquiano de Shismaref está se tornando inabitável devido ao aumento das temperaturas, que estão causando a redução do gelo marinho e o descongelamento do *permafrost* (subsolo permanentemente congelado), o que torna a costa vulnerável à erosão. Centenas de metros quadrados de terra e mais de uma dúzia de casas já foram perdidos para o mar, e há planos de realocar a cidade inteira – a um custo de mais de 100 mil dólares por morador.

A situação de Shismaref é terrível. Sua população é de apenas cerca de 600 adultos, mas ela perdura há pelo menos 4 mil anos, e seus habitantes encaram agora a possibilidade de se tornarem os primeiros refugiados da mudança climática. Para onde eles vão?

Um parecer favorável da Comissão permitirá que os inuítes processem o governo dos Estados Unidos ou as corporações norte-americanas. Em qualquer dos casos, é provável que eles recorram à Declaração dos Direitos Humanos, que determina que "todo homem tem direito a uma nacionalidade" e que "ninguém será arbitrariamente privado de sua propriedade", e ao Pacto Internacional dos Direitos Civis e Políticos, que determina que "em nenhum caso pode um povo ser privado de seus meios de subsistência".

Outros habitantes de terras imediatamente vulneráveis às mudanças climáticas são aqueles que vivem em cinco países localizados em atóis no Pacífico. Atóis são anéis de recifes de coral que encerram uma lagoa; espalhadas em torno da crista dos recifes estão ilhas e ilhotas cuja altura média, acima do mar, é de apenas 2 metros. Kiribati, Maldivas, ilhas Marshall, Tokelau e Tuvalu — nas quais vivem meio milhão de pessoas — são constituídas apenas de atóis.

Como resultado da destruição dos recifes de coral do mundo, da elevação dos mares e da intensificação dos eventos climáticos, parece inevitável que essas nações sejam destruídas pelas mudanças climáticas ao longo deste século.

Nos encontros preparatórios para a conferência de Kyoto, a Austrália insistiu que seus vizinhos das ilhas do Pacífico abandonassem sua postura de que o mundo deveria tomar "medidas firmes" para combater a mudança climática. "Por sermos pequenos, dependemos tanto deles que tivemos que ceder", disse o primeiro-ministro de Tuvalu, Bikenibu Paeniu, após o Congresso do Pacífico Sul, no qual a Austrália colocou suas exigências em discussão.

No que deve ter sido um dos mais infames comentários feitos sobre o assunto, o principal assessor econômico para as mudanças climáticas do governo australiano, Dr. Brian Fisher, disse que seria "mais eficiente" desocupar os pequenos Estados insulares do Pacífico do que exigir que as indústrias da Austrália reduzissem suas emissões de dióxido de carbono.

Qualquer solução para a crise da mudança climática deve se basear nos princípios da justiça natural. E se governos democráticos não agirem voluntariamente de acordo com esses princípios, os tribunais devem forçá-los a fazê-lo. Nesse caso, o princípio de que "o poluidor paga" vai se tornar supremo, porque os poluidores terão que indenizar suas vítimas.

Antes de Kyoto, todos os indivíduos possuíam um direito ilimitado de poluir a atmosfera com gases do efeito estufa. Agora, as 162 nações que ratificaram o Protocolo têm o direito internacionalmente reconhecido de poluir dentro de certos limites. Em que posição ficam os Estados Unidos e a Austrália, que se recusaram a ratificar o tratado?

Nós ainda relutamos em enfrentar a mudança climática. Se os cientistas estivessem prevendo um retorno iminente da era do gelo, tenho certeza de que a reação seria mais forte.

"Aquecimento global" cria a ilusão de um futuro aquecido e acolhedor. Somos, em essência, uma espécie tropical que se espalhou por todos os cantos do globo, e o frio tem sido o nosso maior inimigo. Desde o início nós o associamos ao desconforto à doença e à morte, enquanto o calor é a essência de tudo o que é bom — amor, bem-estar e a própria vida.

Nossa resposta evolutiva à ameaça do frio é mais claramente observada nos jovens. Crianças retiradas de lagos gelados horas depois de terem caído neles sobrevivem porque, ao longo de milênios, nossos corpos desenvolveram defesas contra a ameaça sempre presente de congelar até a morte. E, é claro, os pais, mesmo na nossa era moderna, fazem tudo o que podem para proteger seus filhos do frio.

Nossa profunda resistência psicológica a pensar que "calor" pode ser ruim permite que sejamos iludidos quanto à natureza da mudança climática. Essa cegueira tem deixado muitas pessoas — até as mais bem-instruídas — confusas.

25

PESSOAS EM ESTUFAS NÃO DEVIAM CONTAR MENTIRAS

A oposição à redução das emissões de gases do efeito estufa se tornou mais intensa nos Estados Unidos. O setor americano de energia está cheio de empresas bem-estabelecidas e ricas que usam sua influência para combater a preocupação com a mudança climática, desmerecer quem os desafia e se opor a movimentos para maior eficiência energética.

Na década de 1970, os Estados Unidos eram líderes mundiais e inovadores na conservação de energia, na fotoeletricidade e na tecnologia dos ventos. Hoje, fica atrás de outros países nessas áreas. Nas últimas duas décadas alguns representantes da indústria de combustíveis fósseis têm trabalhado incansavelmente para impedir que o mundo tome medidas sérias para combater a mudança do clima.

Os primeiros produtores norte-americanos de carvão têm ocupado papel central nessa campanha. Nos anos 1990, Fred Palmer, hoje vice-presidente da Peabody Energy, o maior produtor de carvão do mundo, liderou uma campanha que sustentava que a atmosfera da Terra está "deficiente em dióxido de carbono", e produzir mais traria uma era de verão eterno. Num movimento semelhante ao de um diretor de uma empresa de armamentos argumentando que a guerra nuclear seria boa para o planeta, a Peabody Energy queria criar um mundo com CO_2 atmosférico em torno de mil partes por milhão.

Os pontos de vista de Palmer serviram de base para um vídeo de propaganda, The greening of planet Earth, que promovia a ideia de que "fertilizar" o mundo com CO_2 aumentaria a produtividade das colheitas em de 30% a 60%, acabando assim com a fome no mundo. Embora os cientistas tenham rido dessas alegações descaradas e ridículas, muitas pessoas foram enganadas.

Por outro lado, algumas indústrias de combustíveis fósseis desempenham um papel ativo no combate à mudança climática. A BP, por exemplo, assumiu uma postura clara e imparcial em relação à mudança climática e avançou "além do petróleo", fazendo um corte de 20% em suas próprias emissões de CO_2, e tendo lucro com isso. A BP é agora um dos maiores produtores de células fotoelétricas do mundo.

O ex-primeiro-ministro britânico Tony Blair tem uma firme compreensão dos aspectos científicos do assunto. Ele descreveu o aquecimento global como: "Um desafio tão grande em seu impacto e irreversível em seu poder destrutivo que altera radicalmente a existência humana (...) Não há dúvida de que agora é hora de agir."

Em 2003, as emissões de CO_2 da Grã-Bretanha tinham caído 4% abaixo dos valores de 1990. Etapas significativas desse período incluem o estabelecimento do Pacto do Carbono (que ajuda as indústrias a lidar com o uso da energia), uma obrigação dos fornecedores de energia de produzir 15,4% de fontes renováveis e investimentos significativos no desenvolvimento da energia das ondas e das marés. A Grã-Bretanha também está analisando a expansão de sua capacidade em energia nuclear.

Esses debates sobre como mudar dos combustíveis fósseis para fontes renováveis tendem a se intensificar.

Podemos encontrar soluções para o aquecimento global enquanto continuarmos a usar combustíveis fósseis?

A indústria do carvão está promovendo a ideia de bombear carbono no subsolo para tirá-lo da atmosfera. O processo, conhecido como geossequestro — que significa esconder na terra — é enganosamente simples em seu método: a indústria simplesmente enterraria de novo o carbono que escavou.

As empresas de gás e petróleo têm bombeado CO_2 no subsolo há anos. Um bom exemplo é o campo petrolífero norueguês de Sleipner, no mar do Norte, onde 1 milhão de toneladas de carbono é bombeado na terra por ano. O governo fornece um incentivo de 40 dólares por tonelada de emissão de CO_2. Isso faz com que em Sleipner uma grande parte do CO_2 que vem com os hidrocarbonetos seja separada e bombeada de volta para as rochas.

Em alguns outros poços pelo mundo afora, o CO_2 é bombeado de volta para a reserva de petróleo, facilitando a manutenção da pressão do poço, o que ajuda a recuperar o óleo e o gás, tornando toda a operação mais lucrativa. As empresas afirmam que "a maior parte" do CO_2 fica no subsolo, mas aplicar esse modelo à indústria de carvão não é tão fácil.

O problema do carvão começa na chaminé. O fluxo de CO_2 que sai de lá é relativamente diluído, tornando sua captura irrealizável. A indústria do carvão tem apostado em um novo processo conhecido como gaseificação do carvão, que cria um fluxo mais concentrado de CO_2 que pode ser capturado e enterrado. Essas usinas não são baratas: cerca de um quarto da energia que elas produzem é consumido só para mantê-las funcionando. Construí-las em escala comercial será dispendioso e vai levar décadas para que elas façam uma contribuição significativa para a produção de energia.

Vamos presumir que algumas usinas serão construídas e que o CO_2 será captado. Para cada tonelada de antracito queimado, cerca de 3,7 toneladas de CO_2 são geradas, e precisam ser armazenadas. As rochas que produzem o carvão frequentemente não servem para armazenar CO_2, o que significa que o gás deve ser transportado para longe das usinas de energia. No caso das minas de carvão de Hunter's Valley, na Austrália, por exemplo, ele teria que ser levado por cima da cordilheira australiana e centenas de quilômetros para o oeste até um local adequado.

Depois que chega ao seu destino o CO_2 precisa ser comprimido até assumir uma forma líquida, para que possa ser injetado no solo — uma etapa que em geral consome 20% da energia produzida pela queima do carvão em primeiro lugar. Então um buraco com 1 quilômetro de profundidade precisa ser perfurado, e o CO_2 é injetado nele. Daí em diante a formação geológica precisa ser cuidadosamente monitorada; porque, se escapar, o gás pode matar.

Os mineiros costumavam chamar o CO_2 concentrado de "gás sufocante", um nome adequado, já que ele asfixia instantaneamente suas vítimas.

O maior desastre recente provocado pelo CO_2 aconteceu em 1986, na República dos Camarões, na África Central. Um lago-cratera vulcânico, conhecido como Nyos, expeliu bolhas de CO_2 no ar parado da noite e o gás acomodou-se em torno das margens do lago, matando 1.800 pessoas e milhares de animais selvagens e domésticos.

Ninguém está sugerindo injetar CO_2 em regiões vulcânicas como Nyos, assim os depósitos de CO_2 criados pela indústria têm pouca probabilidade de causar um desastre semelhante. Ainda assim, a crosta da Terra não é um receptáculo criado para armazenar CO_2, e o depósito precisa durar milhares de anos. O risco de um vazamento deve ser levado a sério.

O volume de CO_2 que teríamos que enterrar desafia a compreensão. Podemos usar um país como a Austrália, com sua população comparativamente pequena, como exemplo. Imagine um monte de tambores de 200 litros, com 10 quilômetros de comprimento e 5 de largura, empilhados até a altura de dez tambores. Isso significaria mais de 1,3 bilhão de tambores, o número necessário para conter o CO_2 emitido diariamente pelas 24 usinas geradoras de energia a carvão da Austrália, que fornecem energia elétrica para 20 milhões de pessoas todos os dias. Mesmo se comprimido em forma líquida, essa produção diária ocuparia 1 quilômetro cúbico, e a Austrália é responsável por menos de 2% das emissões globais! Imagine injetar 20 quilômetros cúbicos de CO_2 liquefeito na crosta da Terra a cada dia do ano por mais um século ou dois.

Se tentássemos enterrar todas as emissões do carvão, o mundo ficaria rapidamente sem reservatórios de grau A perto das usinas de energia. Existem reservas suficientes de combustíveis fósseis na Terra para criar 5 bilhões de toneladas de CO_2. Como a Terra poderia aguentar isso sem ter uma indigestão fatal?

O melhor cenário para o geossequestro é que ele vai desempenhar um papel pequeno (no máximo uns 10% em 2050) no futuro energético do mundo.

Existem outras formas de geossequestro — de esconder o carbono — que são vitais para o futuro do planeta, e não envolvem riscos. A vegetação e os solos da Terra são reservatórios de imensos volumes de carbono e são elementos críticos para o ciclo do carbono. Hoje o mundo está em grande parte desflorestado, e seus solos, exauridos, mas o carbono no solo pode ser aumentado por meio de técnicas de agricultura sustentável e criação de animais.

Isso aumenta a terra vegetal (que é sobretudo carbono) no solo. Bastante carbono — cerca de 1.180 gigatoneladas — está atualmente armazenado desse modo; mais de duas vezes o que é armazenado pela vegetação viva (493 gigatoneladas). Existe uma esperança real de progresso aqui, em iniciativas que vão do mercado de adubos orgânicos ao controle sustentável de pastagens.

Podemos armazenar carbono em florestas e produtos florestais de vida longa? Isso envolve plantar florestas ou evitar o desmatamento. O governo da Costa Rica tem um programa para salvar meio milhão de hectares de floresta tropical da ação da indústria madeireira, o que lhe trouxe créditos de carbono equivalentes à quantidade de CO_2 que teria entrado na atmosfera se as florestas tivessem sido perturbadas.

Outro exemplo é a iniciativa da BP de financiar a plantação de 25 mil hectares de pinheiros no oeste da Austrália, para compensar as emissões de sua refinaria perto de Perth.

As florestas plantadas são destinadas ao corte e ao uso, mas podem ser um bom depósito de carbono de curto prazo, porque a mobília e as casas que elas produzem têm uma vida longa, e porque as raízes das árvores derrubadas (junto com seu carbono) permanecem no solo.

O carbono do carvão está aprisionado, com segurança, há centenas de milhões de anos, e ficará lá por outros milhões se não for desenterrado.

O carbono preso nas florestas ou no solo não deve ficar fora de circulação por mais do que alguns séculos. Ao trocar a armazenagem no carvão pela armazenagem em árvores, estamos trocando uma garantia de longo prazo por uma solução temporária.

Cientistas continuam trabalhando no problema de depósito seguro para o carbono, e talvez encontrem uma solução. Enquanto isso, a concorrência dos combustíveis menos ricos em carbono se torna mais simples e mais barata a cada dia.

26

OS ÚLTIMOS PASSOS NA ESCADARIA PARA O CÉU?

Para muitas pessoas, a solução para o problema da mudança climática é como subir uma escadaria imaginária de combustíveis, na qual cada degrau contém uma quantidade cada vez menor de carbono.

Ontem, diz o argumento, foi o carvão, hoje é o petróleo e amanhã será o gás natural. O céu será alcançado quando a economia global fizer a transição para o hidrogênio — um combustível que não contém nenhum carbono.

Os avanços tecnológicos, a alta dos preços do petróleo, a ameaça da escassez e a demanda por um combustível mais limpo para substituir o carvão combinaram-se para mudar a economia do gás. Hoje é um grande negócio. O avanço tecnológico mais importante envolve a refrigeração do gás de modo que ele se transforme em um líquido super-resfriado, o que permite o transporte a um custo razoável, em navios construídos especialmente para isso, por longas distâncias. Existe um comércio internacional por via marítima, e as grandes corporações estão investindo bilhões nos gasodutos necessários, de forma que o gás parece ser o combustível preferido para o século XXI.

Embora seja um combustível mais caro que o carvão, o gás tem muitas vantagens que o tornam ideal para a produção de eletricidade. Usinas de energia movidas a gás custam a metade do que é gasto para construir os modelos a carvão, e podem ser de muitos tamanhos. Em vez de ter uma usina elétrica grande e distante, como acontece no caso do carvão, uma série de pequenos geradores movidos a gás pode ser espalhada pela área, reduzindo os custos de transmissão. Eles também podem ser ligados e desligados rapidamente, o que os torna ideais para suplementar fontes intermitentes de energia como a energia solar e eólica.

Cerca de 90% das novas usinas elétricas norte-americanas atuais são movidas a gás, e pelo mundo afora ele está se tornando o combustível favorito. Apesar disso, o gás tem seus problemas, incluindo questões de segurança e a possibilidade de ataques terroristas contra gasodutos e grandes usinas a gás. E como o metano é um poderoso gás do efeito estufa, seu potencial de vazamento deve ser avaliado. As velhas tubulações de ferro usadas para distribuir o gás através das cidades são com frequência propensas a vazamentos.

Se todas as usinas elétricas a carvão da Terra fossem substituídas por usinas a gás, a emissão global de carbono seria reduzida em apenas 30%. Portanto, se ficarmos parados nesse degrau da escadaria de energia, ainda enfrentaremos uma mudança climática maciça.

Nesse cenário, é imprescindível uma mudança para o hidrogênio. Mas qual é a probabilidade de ela acontecer?

Desde que a expressão "economia do hidrogênio" foi cunhada, para muitas pessoas, o hidrogênio parece ser a solução mágica para os problemas de aquecimento global. Mas há muitos outros quando paramos para analisar os detalhes.

É importante compreender que o hidrogênio é um "transportador" de energia — como uma bateria. A energia que ele armazena tem que vir de outra fonte, e se essa fonte for um combustível fóssil, então ainda vai haver emissão de CO_2 no processo.

A fonte de energia da economia a hidrogênio é a célula de combustível, que é basicamente uma caixa sem partes móveis, que recebe hidrogênio e oxigênio, e produz água e eletricidade.

As células mais promissoras para a produção estacionária de eletricidade são conhecidas como células de combustível carbonado derretido, que operam a uma temperatura em torno dos 650°C. Elas são altamente eficientes, mas levam algum tempo para atingir a temperatura operacional. Também são bem grandes — um modelo de 250 kilowatts é do tamanho de um vagão ferroviário —, o que as torna inadequadas para o uso em veículos.

Como poderíamos usar o hidrogênio como combustível para transporte? Isso demandaria células de combustível menores e que funcionem em temperaturas mais baixas. Alguns fabricantes de veículos, incluindo a Ford e a BMW, planejam introduzir no mercado carros com motor de combustão interna a hidrogênio. E o governo norte-americano planeja investir 1,7 bilhão de dólares para construir o FreedomCAR, movido a hidrogênio.

Na economia do hidrogênio, poderíamos abastecer os veículos em "bombas" de hidrogênio nos postos de combustível. O hidrogênio poderia ser produzido em um ponto central remoto e distribuído para os postos de abastecimento, mas é aí que as dificuldades ficam evidentes.

O meio de transporte ideal seria em caminhões-tanque que carregassem hidrogênio liquefeito, mas a liquefação ocorre a $-253°C$, portanto refrigerar o gás a esse ponto torna-se um pesadelo econômico. Usar a energia do hidrogênio para liquefazer 1 quilo de hidrogênio consome 40% do valor do combustível. O uso da rede de energia elétrica para fazer isso consumiria de 12-15 kilowatts-hora de eletricidade, o que liberaria quase 10 quilogramas de CO_2 na atmosfera. Cerca de 3,5 litros de gasolina contêm a energia equivalente a 1 quilo de hidrogênio. Queimá-lo libera a mesma quantidade de CO_2 se usarmos a rede elétrica para liquefazer o hidrogênio.

Então as consequências para a mudança climática do uso de hidrogênio liquefeito são tão ruins quanto dirigir um carro comum.

Uma solução seria pressurizar o hidrogênio apenas parcialmente, o que reduz o valor do combustível consumido a 15%, e os recipientes usados para transporte podem ser menos especializados. Mas mesmo usando recipientes aperfeiçoados de alta pressão, um caminhão de 40 toneladas (40 mil quilos) só poderia entregar 400 quilos de hidrogênio comprimido, o que significa que seriam necessários 15 caminhões desse tipo para entregar o mesmo valor energético de combustível de um caminhão-tanque de gasolina de 26 toneladas. E, se essas carretas de 40 toneladas transportassem o hidrogênio por 500 quilômetros, o custo de energia do transporte consumiria cerca de 40% do combustível transportado.

Outros problemas surgem quando você abastece seu carro. Você precisaria ter um tanque de combustível especial, dez vezes maior que um tanque de gasolina. Cerca de 4% do combustível seriam perdidos em evaporação a cada dia. O tanque principal do ônibus espacial, por exemplo, leva 100 mil litros de hidrogênio, mas a Nasa precisa de um extra de 45 mil litros em cada reabastecimento para contrabalançar a taxa de evaporação.

Tubulações são outra opção para o transporte do hidrogênio, mas são muito caras e precisam ter uma alta integridade, porque o hidrogênio vaza com facilidade. Mesmo que a rede de gasodutos existente pudesse ser reconfigurada para transportar hidrogênio, o custo de criar uma rede a partir de unidades centrais de produção até os postos de combustível do mundo seria astronômico.

Talvez o hidrogênio possa ser produzido a partir do gás natural no posto de combustível. Isso eliminaria as dificuldades de transporte, mas tal processo produziria 50% mais CO_2 do que se usarmos o gás para abastecer o veículo.

Teoricamente, o hidrogênio também poderia ser gerado em casa, usando-se a energia da rede elétrica, mas o custo seria muito alto. A eletricidade em países como os Estados Unidos é derivada principalmente da queima de combustíveis fósseis, assim a produção caseira de hidrogênio nas circunstâncias atuais resultaria num aumento maciço das emissões de CO_2.

E existe outro perigo associado à produção caseira de hidrogênio. O gás é inodoro, propenso a vazamentos, altamente inflamável e queima com uma chama invisível.

Os bombeiros são treinados para usar vassouras de palha para detectar um incêndio de hidrogênio: quando a palha explode em chamas, o incêndio foi encontrado.

Mas vamos imaginar por um momento que todos os problemas de transporte relacionados ao hidrogênio tenham sido solucionados e você se encontre no volante de seu novo carro a hidrogênio. Seu tanque de combustível é grande e esférico, porque à temperatura ambiente o hidrogênio ocupa 3 mil vezes mais espaço que a gasolina. Agora pense que a eletricidade estática gerada ao escorregar sobre o assento, ou mesmo uma tempestade elétrica a 1,6 quilômetro de distância, produzam uma carga suficiente para incendiar o seu tanque de combustível. Um acidente com um carro movido a hidrogênio é horrível demais para ser imaginado.

Mesmo se o hidrogênio se tornasse seguro, ainda restaria uma questão colossal de poluição por CO_2, que é exatamente o oposto do que queremos fazer.

O único modo de uma economia a hidrogênio ajudar a combater a mudança climática é se a rede elétrica for abastecida inteiramente por fontes sem carbono.

Parte V

A SOLUÇÃO

27

BRILHANTE COMO O SOL, LEVE COMO O VENTO

Na nossa guerra contra a mudança climática temos que decidir se vamos concentrar nossos esforços no transporte ou na rede de eletricidade. Se descarbonizarmos a rede de energia, poderemos usar a energia renovável gerada para descarbonizar o transporte.

Dois pesquisadores da Universidade de Princeton, nos Estados Unidos, avaliaram se o mundo dispõe das tecnologias necessárias para fazer funcionar uma rede de eletricidade com a extensão, escala e confiabilidade da que temos atualmente, e ao mesmo tempo fazer cortes profundos nas emissões de CO_2.

Eles identificaram 15 tipos básicos de tecnologia, indo do sequestro de carbono à energia eólica, solar e nuclear, que podem desempenhar um papel importante no controle das emissões de carbono mundiais ao menos pelos próximos cinquenta anos.

Há muitos exemplos de governos e empresas do mundo inteiro que cortaram suas emissões (em até 70%, no caso de algumas prefeituras britânicas) enquanto ao mesmo tempo tiveram um forte crescimento econômico.

As tecnologias se dividem em dois conjuntos: as que fornecem energia de modo intermitente; e aquelas que podem produzir um fluxo de energia contínuo em quaisquer circunstâncias.

De todas as fontes de energia intermitente, a mais madura e economicamente competitiva é a eólica. E a Dinamarca é o lar da moderna indústria eólica.

Quando os dinamarqueses decidiram investir na força dos ventos, o custo da eletricidade produzida dessa maneira era muito mais alto que o da energia produzida por combustíveis fósseis. Contudo, o governo da Dinamarca viu o seu potencial e apoiou a indústria até os custos se reduzirem.

A Dinamarca é líder mundial na produção de energia eólica e na construção de turbinas.

O vento agora fornece 21% da eletricidade consumida no país. Cerca de 85% da produção estão nas mãos de indivíduos e de cooperativas — a energia está literalmente nas mãos do povo.

Em vários países a energia eólica já é mais barata que a eletricidade gerada por combustíveis fósseis, o que ajuda a explicar a taxa de crescimento fenomenal da indústria de 22% ao ano. Estima-se que a força dos ventos poderia suprir 20% das necessidades energéticas dos Estados Unidos. Nos próximos anos, o preço unitário da energia eólica deve cair outros 20%-30%, o que a tornará ainda mais eficiente em relação aos custos.

Sabe-se que a energia eólica tem uma grande desvantagem — o vento não sopra sempre, o que significa que ela não é confiável. De fato, o vento não sopra no mesmo lugar com força constante, mas se usarmos um sistema regional é razoavelmente certo que o vento estará soprando em algum lugar. Como isso sugere, existe muita inatividade na geração de energia eólica, pois frequentemente haverá várias turbinas ociosas para cada uma funcionando em capacidade total.

No Reino Unido, as turbinas geram em média apenas 28% de sua capacidade ao longo de um ano. Mas todas as formas de geração de energia têm algum grau de inatividade. No Reino Unido, a energia nuclear funciona em torno de 76%, as turbinas a gás, 60%, e as de carvão, 50% do tempo. Essa desvantagem do vento é contrabalançada por sua alta confiabilidade: as turbinas de vento se quebram com muito menos frequência e são mais baratas de manter que as usinas elétricas a carvão.

Infelizmente a energia eólica tem sido prejudicada pela imprensa, com alegações de que as turbinas de vento matam os pássaros, são barulhentas e prejudicam a paisagem. A verdade é que qualquer estrutura elevada representa um perigo potencial para os pássaros, e as primeiras torres de vento de fato potencializavam o risco — tinham uma estrutura em vigas de metal que permitia que os pássaros fizessem ninho nelas. Mas agora foram substituídas por modelos de paredes lisas e fechadas.

Todos os riscos precisam ser pesados. Os gatos matam muito mais pássaros nos Estados Unidos que as fazendas de vento. E, se continuarmos a queimar carvão, quantos pássaros não vão morrer em consequência da mudança climática?

Quanto à poluição sonora, pode-se manter uma conversa na base de uma torre eólica sem precisar aumentar o volume da voz, e os novos modelos reduzem ainda mais o ruído. Quanto à alegada poluição visual, a beleza está nos olhos de quem vê. O que é mais feio: uma fazenda de vento ou uma mina de carvão e uma central termoelétrica? Além disso, nenhuma dessas questões deveria decidir sobre o destino do nosso planeta.

Vamos nos voltar para o Sol e três tecnologias importantes que exploram diretamente sua energia: são os sistemas solares de água quente, os mecanismos solares térmicos e as células fotovoltaicas. A água quente solar é a mais simples e, em muitas circunstâncias, é o método mais barato de economizar energia em residências e aliviar o orçamento doméstico. No hemisfério Sul, os sistemas solares de água quente ficam em um telhado voltado para o norte (no hemisfério Norte eles são voltados para o sul), e captam os raios do Sol, que são usados para aquecer a água. Esse sistema não exige manutenção e, para garantir que a água quente esteja disponível sempre que necessário, inclui um reforço a gás ou eletricidade.

Usinas de energia solar térmica produzem grande quantidade de eletricidade — muito mais que uma residência poderia usar —, e funcionam concentrando os raios do Sol sobre coletores solares pequenos e altamente eficientes. Seu nome vem do fato de produzirem tanto eletricidade como calor. Existem muitos modelos no mercado atualmente, e eles estão rapidamente atingindo preços mais acessíveis. No futuro, usinas de energia solar térmica devem competir com o vento por uma fatia da produção de energia. Elas são parceiras perfeitas nesse aspecto, pois se o vento não estiver soprando, há uma boa chance do Sol estar brilhando.

Finalmente existe uma tecnologia que a maioria das pessoas reconhece como a verdadeira energia "solar": células fotovoltaicas. Gerar sua própria eletricidade com estas células é libertador — depois que você adquire seu equipamento, não depende mais das grandes empresas de energia. Ela também é simples e de fácil manutenção, a menos que você não esteja conectado à rede elétrica e precise de um conjunto de baterias.

As células fotovoltaicas usam a luz solar que incide sobre elas para gerar eletricidade. Uma residência média precisa de 1,4 kilowatt (1.400 watts) de energia para funcionar, e os painéis de tamanho médio geram de 80 a 160 watts. Dez painéis de tamanho grande devem suprir as necessidades, embora seja impressionante como você se torna mais econômico (e, portanto, quanta energia poupa) quando gera a própria eletricidade.

As células fotovoltaicas funcionam melhor no verão, quando energia extra para o ar-condicionado é necessária. Isso permite que o dono de células fotovoltaicas ganhe dinheiro com elas: no Japão, é possível vender a própria energia excedente para a rede elétrica por até 50 dólares por mês, e esquemas semelhantes existem em outros 15 países. O custo das células fotovoltaicas está baixando tão rapidamente que a eletricidade gerada por esse meio deve se tornar economicamente viável já em 2010.

Existem, é claro, muitos tipos de geração de energia renovável que não foram discutidos aqui, incluindo chaminés solares e energia das marés e das ondas. Em alguns locais, todas essas opções estão agora, ou logo estarão, produzindo energia.

Se a energia renovável oferece uma lição, é que não existe solução mágica para descarbonizar a rede de energia: em vez disso, temos múltiplas tecnologias entre as quais podemos escolher. Essas tecnologias já existem, e podemos optar pela que melhor nos servir a fim de cortar nossas emissões de carbono em 70% até 2050.

28

NUCLEAR?

Diz-se com frequência que o Sol é energia nuclear a uma distância segura, mas, como sabemos, mesmo distante ele pode nos queimar. Nessa era de crise climática, contudo, o papel da energia nuclear baseada na Terra está mudando. O que até recentemente era uma tecnologia agonizante, pode voltar a brilhar.

O renascimento começou em maio de 2004, quando organizações ambientalistas do mundo inteiro ficaram chocadas ao ouvir o criador da hipótese de Gaia, James Lovelock, fazer um apelo apaixonado em prol de uma expansão maciça dos programas mundiais de energia nuclear para combater a mudança climática. Ele comparou a situação atual com a do mundo em 1938 — à beira de uma guerra e ninguém sabendo o que fazer. Organizações como o Greenpeace e o Friends of Earth imediatamente rejeitaram o seu apelo.

No entanto, Lovelock tem razão, já que todas as redes de energia precisam de uma geração de "reserva de carga" confiável e ainda existe uma grande dúvida quanto à capacidade das tecnologias renováveis de fornecê-la. A França gera quase 80% de sua energia de fontes nucleares, enquanto a Suécia obtém a metade de suas necessidades e o Reino Unido, um quarto.

A energia nuclear já fornece 18% das necessidades mundiais de eletricidade, sem emissão de CO_2. Seus defensores afirmam que ela poderia gerar ainda mais.

As usinas nucleares nada mais são do que máquinas complicadas e potencialmente perigosas para ferver água, que cria o vapor usado para mover as turbinas.

Como no caso do carvão, as usinas elétricas nucleares são muito grandes — em torno de 1.700 megawatts — e, com um preço inicial de 2 bilhões de dólares a unidade, sua construção é cara. A energia que produzem, contudo, é atualmente competitiva com a gerada pelo vento. Mas levam dez anos para serem aprovadas e outros cinco para serem construídas. Com um período de gestação de 15 anos antes que qualquer energia seja produzida, e um período ainda maior para o retorno do investimento, a energia nuclear não é para investidores impacientes. Nenhum reator novo foi construído durante vinte anos nos Estados Unidos ou no Reino Unido.

Três fatores assombram o público sempre que a energia nuclear é mencionada — segurança, eliminação do lixo e bombas. O horrível desastre de 1986 em Chernobil, na Ucrânia, foi uma catástrofe cujas consequências, duas décadas depois do acidente, continuam crescendo. Na Bielorrússia, que recebeu 70% da precipitação radioativa, apenas 1% do país está *livre* da contaminação, e 25% das terras agrícolas foram colocadas permanentemente fora de produção.

Nos Estados Unidos e na Europa, predominam tipos mais seguros de reatores, porém, como mostrou o incidente de 1979 em Three Mile Island, na Pensilvânia, ninguém está imune a acidentes ou atos de sabotagem. Como vários reatores nucleares dos Estados Unidos estão situados perto de grandes cidades, existe uma preocupação real quanto à possibilidade de um ataque terrorista.

A gestão do lixo nuclear é outra questão preocupante. E o problema em relação ao que fazer com as usinas nucleares velhas e obsoletas é igualmente complicado: os Estados Unidos têm 103 centrais nucleares que foram, originalmente, licenciadas para funcionar durante trinta anos, mas agora devem continuar operando pelo dobro desse tempo. Essa velha frota deve estar dando dores de cabeça à indústria, especialmente já que até hoje nenhum reator foi desmontado com sucesso, talvez porque o custo seja estimado em torno de 500 milhões de dólares para cada unidade. Todas essas desvantagens, porém, precisam ser comparadas às alternativas. A cada ano, por exemplo, as minas de carvão e as usinas movidas a carvão matam muito mais pessoas, devido a acidentes nas minas ou câncer de pulmão, do que a exploração de urânio e as usinas nucleares.

A maioria das novas usinas nucleares está sendo construída nos países em desenvolvimento. A China vai comissionar duas novas usinas nucleares por ano durante os próximos vinte anos, o que é bastante desejável de uma perspectiva global, pois 80% da energia da China vêm atualmente do carvão. Na verdade, a China vai inaugurar em breve o primeiro reator PBR, que é um tipo de usina nuclear pequena (300 megawatts) muito seguro e eficiente.

A Índia, a Rússia, o Japão e o Canadá também têm reatores em construção, enquanto já foram conseguidas aprovações para mais 37 no Brasil, no Irã, na Índia, no Paquistão, na Coreia do Sul, na Finlândia e no Japão.

Conseguir o urânio necessário para abastecer esses reatores será um desafio, pois as reservas mundiais não são grandes, e cerca de um quarto da demanda mundial está sendo suprida com o reprocessamento de armas nucleares inativas. Isso nos leva à questão de armas nucleares indo parar em mãos erradas. Qualquer um que possua urânio enriquecido pode fazer uma bomba. À medida que os reatores proliferam e as alianças se modificam, existe uma probabilidade crescente de que tais armas estejam disponíveis para aqueles que as desejam. Apenas uma boa regulamentação e uma disposição de apoiar tratados internacionais e agências (como a Agência Internacional da Energia Atômica) que fiscalizem as regulamentações podem minimizar esses riscos.

Qual papel a energia nuclear pode desempenhar para evitar o desastre da mudança climática? A China e a Índia devem implementar a opção nuclear com vigor, já que não existem, atualmente, alternativas baratas em grande escala para esses países. Os dois já contam com programas de armas nucleares, portanto o risco relativo de proliferação não é grande. No mundo desenvolvido, contudo, qualquer expansão maior da força nuclear vai depender da viabilidade de novos tipos de reatores mais seguros.

A energia geotérmica é outra opção para a produção contínua de energia.

A energia geotérmica descreve as reservas de calor existentes entre nossos pés e o manto derretido do planeta. Como o inventor da corrente alternada comercial, Nikola Tesla, observou, há claramente muito calor abaixo de nossos pés, mas as tecnologias geotérmicas fornecem meros 10 mil megawatts de força no mundo inteiro. Por quê? Ao que parece, estivemos procurando calor nos lugares errados. A energia geotérmica usada anteriormente vem de regiões vulcânicas onde lençóis de água que fluem através de rochas quentes produzem água superaquecida e vapor. Parece razoável buscar energia geotérmica em tais lugares, mas pense na geologia.

A lava dos vulcões só existe em locais onde a crosta terrestre está se partindo, permitindo que o magma suba à superfície. A Islândia, que se formou do fundo oceânico quando a Europa e a América do Norte se afastaram uma da outra, é um excelente exemplo. Existe bastante calor em tais lugares, mas o maior problema são os lençóis de água. Embora muitos corram livremente quando começam a ser usados, eles logo se esgotam, deixando a usina de energia sem meios de transferir o calor da rocha para seus geradores. Na década de 1980, os operadores começaram a bombear água de volta para o solo, na esperança de que ela pudesse ser reaquecida e reutilizada. Com muita frequência a água simplesmente desaparecia em fendas verticais e nunca mais era vista.

Na Suíça e na Austrália, as empresas estão encontrando calor comercialmente utilizável nos locais mais improváveis.

Quando fizeram prospecção nos desertos ao norte do Sul da Austrália, as empresas de gás e petróleo descobriram, a quase 4 quilômetros de profundidade, um corpo de granito aquecido a cerca de 250°C — a rocha não vulcânica mais quente já encontrada próximo da superfície.

O que realmente deixou os geólogos empolgados foi que o granito se encontrava em uma região da Terra onde a crosta estava sendo comprimida. Isso levou a uma fratura horizontal e não vertical da rocha. E, o que é ainda melhor, as rochas estão banhadas em água superaquecida sob grande pressão, e as fraturas horizontais indicam que ela pode ser reciclada rapidamente.

Essa única rocha no sul da Austrália parece conter calor suficiente, segundo as estimativas, para suprir todas as necessidades energéticas australianas durante 75 anos, a um custo equivalente ao do carvão marrom e sem emissões de CO_2. A reserva é tão vasta que a distância do mercado consumidor não é problema, pois a energia pode ser bombeada para a linha de transmissão em tal volume que compensa qualquer perda por transmissão.

Com usinas de energia experimentais programadas para construção, o enorme potencial da energia geotérmica está prestes a ser testado. Geólogos do mundo inteiro estão em busca de depósitos semelhantes, já que pouco se conhece da extensão desse recurso.

Embora isso pareça uma descoberta empolgante, devemos ter em mente que, até agora, pouca eletricidade foi gerada por essa forma de calor geotérmico. Provavelmente se passarão décadas até que essa tecnologia possa contribuir de forma significativa para a rede mundial de energia.

As tecnologias que apresentei colocam a humanidade em uma grande encruzilhada. O que vai acontecer se escolhermos uma em detrimento da outra? Nas economias do hidrogênio e da energia nuclear, a produção de energia deve ser centralizada, o que significa a sobrevivência das grandes corporações energéticas.

Se buscarmos as tecnologias solares e eólicas, abrimos a possibilidade das pessoas gerarem a maior parte da energia que utilizam, junto com o combustível para o transporte e até mesmo a água (condensando-a do ar).

Descarbonizar a rede elétrica pode literalmente descentralizar o poder e dá-lo aos indivíduos.

29

DE HÍBRIDOS, MINICATS E RASTROS DE CONDENSAÇÃO

Então, como podemos descarbonizar nossos sistemas de transporte? O transporte, afinal, é responsável por um terço das emissões de CO_2 do mundo.

Entre aqueles que buscam os renováveis, o Brasil está na liderança. Grande parte de sua frota de veículos já roda com etanol derivado da cana-de-açúcar — que cresce extremamente bem no Brasil. Um terço dos carros vendidos no Brasil em 2005 rodavam com etanol ou gasolina, permitindo que o consumidor escolhesse o mais barato. E esses veículos custam o mesmo que os modelos tradicionais. Nos Estados Unidos o etanol é produzido em grande parte a partir do milho, mas a quantidade de combustível fóssil usada para fazer a plantação crescer significa que o uso de etanol derivado do milho em meios de transporte faz muito pouco para reduzir a produção de carbono.

Se uma fonte altamente eficiente de etanol — talvez o capim-chicote — puder ser cultivada, a produção teria que englobar 20% de toda a terra produtiva para mover os carros, navios e aeronaves do mundo. E o homem já está consumindo mais recursos planetários do que o sustentável; portanto, conseguir essa produtividade biológica extra vai ser muito difícil, e vai depender do desenvolvimento de uma agricultura mais sustentável.

Apesar desses obstáculos, os avanços tecnológicos na área dos transportes são tão rápidos que novos caminhos podem ser vislumbrados, e em nenhum lugar isso é tão claro quanto no Japão.

Enquanto empresas norte-americanas como a Ford investem no hidrogênio, a Toyota e a Honda têm contratado engenheiros para projetar carros mais eficientes. Elas introduziram no mercado novas tecnologias que reduzem pela metade o consumo de combustível e abrem caminho para avanços espantosos no futuro. Conhecidos como veículos de combustível híbrido, esses novos automóveis colocam lado a lado um motor a gasolina e um motor elétrico revolucionário.

Dirigir um Toyota Prius pode ser enervante a princípio, pois ele é tão silencioso que você pode pensar que o motor morreu. Em vez disso, quando parado ou andando devagar no tráfego, o motor a gasolina de 1,5 litro desliga e o silencioso motor elétrico toma o seu lugar, sendo movido, em parte, pela energia gerada pelos freios — energia desperdiçada num carro comum. O Prius tomou de assalto o mercado e, com um tanque que só precisa ser reabastecido a cada mil quilômetros, é o automóvel de seu tamanho que menos produz carbono disponível, e isso não deve mudar nas próximas décadas.

Em comparação com o Toyota Landcruiser (ou outros veículos de tração nas quatro rodas populares atualmente nos Estados Unidos e na Austrália), o Prius reduz em 70% o consumo de gasolina e as emissões de CO_2. Essa é a mesma quantidade que os cientistas consideram necessária para a economia mundial em 2050, de modo a estabilizar a mudança climática.

Se você quer ajudar a combater a mudança climática, não espere pela economia do hidrogênio — compre um carro de combustível híbrido.

Se a rede elétrica for descarbonizada, muitas outras opções de transporte se tornarão atraentes. Carros elétricos estão disponíveis há anos, e a França já tem uma frota de 10 mil desses veículos. Porém tecnologias ainda mais empolgantes estão surgindo na Europa, incluindo o carro experimental a ar comprimido.

Imagine o que um carro de ar comprimido pode significar para uma família que mora na Dinamarca. Ela pode muito bem ter uma participação num gerador de vento, usado para fornecer eletricidade para a sua casa, e usá-lo também para comprimir o ar para abastecer o seu carro. Compare isso com uma família americana média, que, mesmo se as opções nuclear ou de hidrogênio se tornarem factíveis, continuará a comprar a eletricidade e o combustível das grandes corporações. Ao combater a mudança climática, podemos não apenas salvar o nosso planeta, mas também abrir caminho para um futuro bem diferente.

E quanto aos outros setores do transporte em expansão, como a navegação e o transporte aéreo? Um dos piores poluentes da Terra é o óleo combustível que move os navios. Nos últimos anos, o volume do transporte marítimo internacional cresceu 50%, o que significa que os navios cargueiros se tornaram uma das principais fontes de poluição do ar. O material que impulsiona esses navios é o resíduo da produção de outros combustíveis, e é tão espesso e cheio de contaminantes que deve ser aquecido antes de passar pelas tubulações do navio.

A monitoração por satélites revela que muitas das rotas de navegação mundiais estão cobertas por nuvens semipermanentes resultantes das emissões de partículas das chaminés dos navios. Solucionar esse problema é potencialmente fácil. Até pouco mais de um século atrás, o transporte marítimo era movido pelo vento. Usando modernas tecnologias solares e eólicas, e motores eficientes, o transporte marítimo pode navegar outra vez sem carbono no meio deste século.

O transporte aéreo exige grande quantidade de combustível de alta densidade, de um tipo que atualmente só os combustíveis fósseis podem fornecer. Em 1992, as viagens de avião eram a fonte de 2% das emissões de CO_2, mas isso está mudando rapidamente. E nos Estados Unidos, onde o tráfego aéreo já é responsável por 10% do uso de combustível, o número de passageiros transportados deve dobrar entre 1997 e 2017, fazendo do transporte aéreo a fonte de emissões de CO_2 e óxido nitroso de crescimento mais rápido do país. Do outro lado do Atlântico, em 2030, um quarto das emissões de CO_2 do Reino Unido podem vir do transporte aéreo.

Mas o coquetel de compostos químicos que forma as emissões dos aviões funciona de maneira oposta. Como a maioria dos jatos modernos voa perto da troposfera, o vapor d'água, óxido nitroso e dióxido de enxofre que emitem têm impactos particulares. O óxido nitroso emitido pelos aviões pode aumentar o ozônio na troposfera e na baixa estratosfera e reduzi-lo ainda mais na alta estratosfera. O dióxido de enxofre tem um efeito resfriador.

O vapor d'água, que pode ser observado na forma de rastros de vapor deixados pelas aeronaves, pode ser muito importante. Sob certas condições, esses rastros dão origem a nuvens cirros. Essas nuvens cobrem cerca de 30% do planeta. A contribuição dos aviões para a capa de nuvens cirros pode chegar a 1%, o que talvez tenha um impacto significativo sobre o clima.

Se os aviões voassem mais baixo, a formação de nuvens cirros seria cortada pela metade e as emissões de CO_2 diminuiriam 4%, enquanto o tempo médio de voo sobre a Europa mudaria menos de um minuto.

Enquanto europeus e japoneses podem mudar de aviões para trens rápidos como forma de transporte, para australianos, canadenses e americanos, não há alternativas realistas. As aeronaves terão que usar combustível fóssil ainda por algum tempo. Sem um retorno aos dias mais calmos das viagens de zepelim, o transporte aéreo vai continuar sendo uma fonte de emissões de CO_2 muito depois de outros setores terem mudado para a economia sem carbono.

30

DEPENDE DE VOCÊ

Se houver uma ação conjunta no sentido de eliminar as emissões de carbono atmosférico de nossas vidas, estou certo de que conseguiremos estabilizar e salvar o Ártico e a Antártica. Podemos salvar quatro em cada cinco espécies atualmente ameaçadas, limitar a extensão dos eventos climáticos extremos, e reduzir, quase a zero, a possibilidade de qualquer um dos três grandes desastres ocorrerem neste século, especialmente o colapso da Corrente do Golfo e a destruição da Amazônia.

Mas para que isso aconteça, todos precisam agir em relação à mudança climática agora: um atraso de uma década será demasiado.

Algumas coisas estão além do controle de apenas um indivíduo. Não devíamos, por exemplo, construir nem expandir usinas elétricas movidas a carvão obsoletas. Na verdade, deveríamos começar a fechá-las. Essas decisões serão tomadas pelos governos, porém é mais provável que os governos tomem as decisões certas se a população pressionar.

Tenha você idade para votar ou não, pode fazer com que os políticos tomem conhecimento das suas opiniões. E se tomou atitudes em sua própria vida para reduzir as emissões, pode questionar os outros sobre o que eles andam fazendo nesse sentido.

Esta é a coisa mais importante que eu quero dizer: não é preciso esperar que o governo aja. Você pode fazer algo. Já existe tecnologia disponível para reduzir as emissões de carbono — em quase todas as casas do planeta.

Você pode, em apenas alguns meses, conseguir, facilmente, a redução necessária de 70% nas emissões para estabilizar o clima da Terra. Tudo o que é preciso são algumas mudanças na sua vida pessoal, e nenhuma exige grandes sacrifícios.

Entender como usa a eletricidade é a ferramenta mais poderosa em seu arsenal, pois permite que tome decisões efetivas quanto à redução de suas emissões pessoais de CO_2.

Você já analisou a conta de energia de sua casa? Se não, peça para vê-la e leia com atenção. Há uma opção de energia verde, na qual a empresa de energia garante que a eletricidade fornecida à sua casa virá de fontes renováveis, como a energia solar, eólica ou hídrica? A opção de energia verde pode custar um mísero dólar por semana, e no entanto é altamente eficiente para a redução das emissões.

Se o seu fornecedor não oferece uma alternativa verde adequada, sugira a sua família mudar de fornecedor. Mudar a sua fonte de energia elétrica é geralmente uma questão de um único telefonema, e não envolve interrupção no fornecimento ou problemas com a conta. Contudo, se ainda reina um monopólio da energia em sua área, você precisa pressionar as autoridades para criar um mercado livre.

Será possível então, ao mudar para uma fonte de energia verde, reduzir as emissões de sua casa a zero. Tudo como resultado de um único telefonema.

E a água? No mundo desenvolvido, cerca de um terço das emissões de CO_2 resultam da energia doméstica, e um terço de uma típica conta de eletricidade doméstica vem do aquecimento de água. Isso é loucura, já que o Sol pode aquecer a sua água de graça se você tiver o equipamento certo.

Um investimento inicial é necessário, mas são tantos os benefícios que vale a pena pegar um empréstimo para isso, pois em climas ensolarados, como na Califórnia ou no sul da Europa, o investimento é recuperado em dois ou três anos. Os equipamentos geralmente têm uma garantia de dez anos, o que significa sete ou oito anos de água quente de graça. Mesmo em regiões nubladas, como a Alemanha e a Inglaterra, você ainda receberá vários anos de água quente sem custo.

Há também o ar-condicionado, o aquecimento e a refrigeração, os maiores consumidores de energia. Se está pensando em comprar esses aparelhos, escolha os modelos mais econômicos disponíveis. Pode ser mais barato instalar um isolamento térmico do que comprar e usar um aquecedor ou refrigerador maior.

Sugira à sua família examinar juntos a conta de eletricidade e estabelecer uma meta de redução. Se você atingir a meta, pode usar a economia nas férias da família.

Fiquei tão indignado com a irresponsabilidade dos queimadores de carvão que resolvi gerar minha própria eletricidade, o que se mostrou uma das coisas mais compensadoras que já fiz. Para uma casa média, os painéis solares são a melhor maneira de se fazer isso. Doze painéis de 80 watts foi o número que me permiti comprar, e a quantidade de energia que eles geram, na Austrália, é suficiente para as necessidades de uma casa.

Para sobreviver com essa quantidade de energia, nossa família é vigilante em relação ao uso da eletricidade, e nós cozinhamos com gás. E eu estou em melhor forma do que antes, porque uso ferramentas manuais no lugar dos modelos elétricos para fazer e consertar coisas. Os painéis solares têm uma garantia de 25 anos (e frequentemente duram até quarenta anos). Vou usar a energia grátis que eles fornecem até a minha aposentadoria.

A cidade de Schoenau, na Alemanha, fornece um exemplo diferente de ação direta. Alguns de seus moradores ficaram tão alarmados com o desastre de Chernobil que decidiram fazer alguma coisa para reduzir a dependência de seu país em relação à energia nuclear. Começou com um grupo de dez pais que davam prêmios aos seus filhos pela economia de energia. Isso se mostrou tão bem-sucedido que logo se transformou num grupo de cidadãos determinados a tirar o controle do suprimento de energia da cidade da KWR, o monopólio que fornecia a eletricidade.

Eles fizeram um estudo e então levantaram os recursos para construir seu próprio sistema de energia verde. Acabaram conseguindo reunir o suficiente para comprar a rede elétrica e o gerador de energia da KWR. Hoje a cidade não somente produz a própria energia mas tem um negócio bem-sucedido de consultoria que ensina como despoluir o fornecimento de eletricidade para o resto do país. A cada ano o fornecimento de energia em Schoenau fica mais "verde" e, mesmo os grandes consumidores da cidade, como a fábrica de reciclagem de plásticos instalada lá, estão felizes com os resultados.

Não seria maravilhoso se você conseguisse começar um movimento como esse em sua cidade ou em seu bairro?

Ainda não é viável, para a maioria de nós, dispensar a queima de combustíveis fósseis para o transporte, mas podemos reduzir muito o seu uso. Caminhar ou andar de bicicleta sempre que possível — para ir à escola, ao trabalho ou às compras — é muito eficiente, assim como usar o transporte público. Se sua família trocar o seu carro de tração nas quatro rodas ou veículo utilitário por um modelo de combustível híbrido de tamanho médio, vocês reduzirão suas emissões de transporte pessoal em 70% de uma só tacada.

Para aqueles que não podem ou não querem dirigir um carro híbrido, uma boa alternativa é comprar o menor veículo capaz de servir às suas necessidades. Você sempre pode usar um carro alugado nas ocasiões em que precisar de um veículo maior. E, dentro de alguns anos, se tiver investido em energia solar, poderá comprar um veículo elétrico ou movido a ar comprimido. Então você estará livre de todos aqueles gastos com gasolina e conta de luz.

Embora nem sempre pareça, estudantes e empregados exercem uma influência considerável nas escolas e no lugar onde trabalham. Se você quer ver o seu local de trabalho ou escola tornar-se menos poluidor, sugira ao seu empregador ou ao diretor que faça uma avaliação do consumo de energia. Assim poderão ter certeza de que não haja desperdícios.

E lembre-se, se você pode reduzir suas emissões em 70%, o mesmo pode ser feito nas escolas, empresas, fazendas e muitas outras organizações.

A sociedade precisa desesperadamente de defensores — pessoas que possam agir e servir de testemunhas para o que pode e deve ser feito. Ao assumir tais ações públicas, você estará conseguindo resultados que vão além do impacto local.

Enquanto lê essa lista de ações para combater a mudança climática, você talvez esteja descrente de que tais passos possam ter um grande impacto. Mas se um número suficiente de pessoas comprar energia de fontes renováveis, painéis solares, sistemas solares de aquecimento de água e veículos híbridos, o custo desses itens vai despencar. O que será suficiente para encorajar a venda de mais painéis e geradores de vento, e logo o grosso da energia doméstica será produzido com tecnologias renováveis.

Por sua vez, as empresas famintas de energia serão levadas a maximizar sua eficiência e adotar as fontes limpas. O que tornará os renováveis ainda mais baratos. Como resultado disso, o mundo em desenvolvimento — inclusive a China e a Índia — poderá adotar a energia limpa no lugar do carvão sujo.

Com uma pequena ajuda sua, agora mesmo, os gigantes em desenvolvimento da Ásia poderão até mesmo evitar uma catástrofe do carbono na qual nós, no mundo industrializado, nos encontramos tão profundamente atolados.

Como sugerem esses desafios, somos uma geração destinada a viver em uma época muito interessante, pois somos agora os senhores do clima, e o futuro da civilização e da biodiversidade está em nossas mãos.

Fiz o melhor que pude para criar este manual sobre o uso do termostato da Terra. Agora depende de você.

Agradecimentos

Obrigada a Penny Hueston, que deu forma a *Nós somos os senhores do clima*; a Alex Szalay, por sua inestimável contribuição; e a Terry Glavin, por chamar minha atenção para a situação da biodiversidade na Colúmbia Britânica.

Este livro foi composto na tipologia Sabon
LT Std, em corpo 11/16, e impresso em papel
off-white 80g/m^2 no Sistema Cameron da
Divisão Gráfica da Distribuidora Record.